PEDRO GONZÁLEZ MUNNÉ

AL SONIDO DE MI MISMO

EDITORIAL LETRA VIVA
CORAL GABLES, LA FLORIDA

A LOS MÍOS

INTRODUCCIÓN

Este libro contiene artículos publicados en la revista *Aboard* de Coral Gables de la Florida de Septiembre de 1991 al mismo mes de 1992, otros recogidos en la revista Placer, de Pinecrest (FL) en Septiembre de 1977 y los de la sección *Vale Todo*, de la revista *Vista-USA* de Los Angeles California, en el período comprendido de Septiembre de 1998 a Diciembre de 1999.

El artículo *Al sonido de mi mismo* que da título a este libro es parte de ellos.

Al final de este libro se recoge *La viga el ojo ajeno*, publicado en esta época en *El Nuevo Herald* bajo el título: *Periodismo viciado y cobarde*.

Como periodista y escritor, Pedro González Munné fue una figura controversial, desde que en su natal Pinar del Río, Cuba, fundara en la década de los 60 con un grupo de amigos el movimiento de Talleres Literarios, fuente de la desaparecida Brigada *Hermanos Saíz*, de escritores y artistas jóvenes.

Sin ser nunca miembro de ningún partido político en su isla natal, aun cuando de la afiliación política dependía la posibilidad de realizar estudios universitarios, se graduó de Periodismo en 1974 en la Universidad de La Habana,

En su labor profesional e intelectual acumuló diferentes reconocimientos, como los premios nacionales *Primero de Enero* de Historia (1978) con el libro *Soldados del Pueblo*, el *Juan Manuel Márquez* (1986) de reportaje en televisión y el *Sol de Cuba*

(1986) del Instituto de Turismo, también para la televisión.

Fue uno de los más jóvenes periodistas *Vanguardias Nacionales* (1985) del Sindicato de Trabajadores de la Cultura de Cuba y desde su trabajo como reportero de provincia, llegó a ser analista internacional en el sistema de televisión del país y Corresponsal de Guerra en Vietnam y Camboya (1987).

En las purgas a la prensa cubana a principios de los años 90 fue expulsado de su trabajo y de todas las organizaciones sociales y profesionales a las que pertenecía, emigrando en 1991 a los Estados Unidos.

Vetado por la gran prensa de Miami que ha cerrado sus páginas a muchos otros periodistas cubanos, dirige hoy el tabloide *La Nación Cubana*.

En los Estados Unidos como inmigrante, ha realizado diferentes trabajos, entre ellos el espacio radial *Dominio Público* (1998) en la programación de *Radio Progreso* y fue editor de las revistas *Player* y *Aboard* y profesor de escuelas locales de educación superior, entre otros.

ÍNDICE

PRÓLOGO

LA LUNA EN EL ARMARIO
POR G. PERDOMO

El sobresalto por un ruido sin nombre, me despertó en la noche habanera, para de nuevo encontrarme desnudo, sudoroso y asustado, en cama ajena. Sin precio, sin paz y desarmado. Me refugio en mi insomnio al hojear este libro y me sumerjo en la extravagante personalidad del autor, la cual es un misterio para mí que encierre tantas facetas, sorpresas y contradicciones en tan pocas páginas.

Para mí que lo conozco de siempre, por tarea y por deber, no es incitante, ni siquiera misteriosa su vida, pero sí rica en anécdotas y espectaculares ambiciones, la cual pudiera calificarse de un monumento a la curiosidad humana, una ventolera estremecedora de nuestros adormecidos instintos creativos.

Es su enorme curiosidad infantil, ese deseo inagotable de aprender y de penetrar los secretos de la naturaleza y el hombre, puede ser la clave de lo que lo llevó a embarcarse en las más disparatadas empresas, y a prestarse a ser lo que es hoy.

Este libro que hojeo, entre el estruendo descomunal de este aire acondicionado ruso, en medio del silencio expectante de esta ciudad ajena, bajo la luz tenue de la lámpara, está repleto de comunes y fascinantes digresiones anecdóticas las cuales, para fortuna del lector, parecen escurrírseles en sus fastidiosos pasajes históricos, que, con relativa frecuencia, incluye en las medias tintas de sus menciones.

Hay títulos copiados por la fascinación de textos que admira. Sin embargo, ese esfuerzo, siempre frustrado, de mejorar lo inmejorable, de alcanzar la belleza ajena, de llegar al talento que envidia explica su aparente inconstancia y capricho, y ese falso mito de su escasa prolijidad.

Este libro, para mí una especie de diario de sus múltiples actividades y obsesiones, para quien lo desmonta, encuentra que al autor se le puede acusar de todo menos de poco prolijo.

No puede negarse, sin embargo, que detrás de esta figura enérgica, generadora, como pocas, de tan desmesurada efervescencia creadora, se agazapa un alma compleja, obsesiva y contradictoria.

Para quien lo conocemos profesional e íntimamente puede ser, al mismo tiempo, tenaz e inconstante, rebelde y obediente, utópico y práctico, activo y perezoso, un hombre de mundo y un solitario empedernido, que, según él mismo, ha tenido un solo amor.

Con esa actitud volátil, común en los adolescentes y extraña en los adultos, brinca en su vida de un estudio riguroso y serio a un proyecto trivial.

Ahora, así no lo parezca, al fondo de estas contradicciones yace un denominador común, un cabo *conector* de todas, lo cual nos permite más o menos dilucidar su personalidad.

Este cabo, este motivo constante presente en lo que dice, escribe o hace, es su enorme capacidad de asombro, esa curiosidad infantil promotora de todo tipo de empresas, desde las más triviales y elementales, hasta esos alocados proyectos que nos parecen medio disparatados, y hasta nos enternecen por sus tintes quijotescos, como el caso de su renuncia a todo para lanzarse a la maroma del exilio.

Este sueño de recuperar su infancia en el rencuentro con su familia, al igual que el temor a la vejez, la fascinación por el agua, la belleza y tantos otros temas, estuvo escondido por mucho tiempo en su mente, y lo persigue en sus escritos con una mezcla de ingenuidad, confidencia, tenacidad, paciencia y, por qué no, locura.

Este libro es una reflexión acerca de su vida, sobre esa manía de imponerse metas inalcanzables que, al mismo tiempo, tocan en él al genio y al fracasado.

Pues, como bien está en sus frondosos expedientes de Aldabó y Langley pese a sus talentos y habilidades, reúne los factores que imprimen en una persona el trágico estigma del fracasado: insatisfacción constante, reflexión obsesiva, indecisión e incapacidad para culminar los proyectos.

La luna en el armario que tengo frente a mí, en mi opinión, es una exquisita alusión a su vida. Al tratar de penetrar los mecanismos, singularidades y secretos del exilio, en verdad, fracasó. Pero, como este hombre nos entrega, en esta historia de esplendorosos fracasos que constituyen sus crónicas, una fuente de inspiración, amor y entrega a un ideal más cerca de lo que en realidad pretende abarcar.

Ronronea a mi lado la piel joven que confió en mi añoranza y mientras busco otro plástico para el placer, recuerdo la expresión tímida de este hombre viejo al entregarme su libro, como quien fugazmente en un lugar público pasa un mensaje a un correo desconocido y mientras en una fracción de segundo nuestras miradas se encuentran, reconozco bajo esa piel desconocida, en esa mirada joven incrustada en ese cuerpo deteriorado, a aquel compañero que dejamos en una tumba extraña.

Pero era demasiado tarde para comprobarlo. Se perdió en la multitud de aquel aeropuerto y hoy termino de hojear este libro. Creo que debe publicarse, tal vez tenga en sus páginas mucho menos de él y más de todos nosotros.

LIBRO PRIMERO

A LOS COMPONEDORES DE BATEA

Amo las frases sonoras y los colores vivos, los olores fuertes, la piel desnuda aunque te revuelque las tripas. Añoro los cataclismos que viraban al revés mi pueblito: aquellos ciclones y carnavales, rompedores cada año de la monotonía, tan inolvidables como el entierro de Cayetano.

Aquel cura gallego decía de nosotros los González que siempre llegábamos tarde, a la iglesia, a las bodas, los bautizos o entierros, daba lo mismo. Todavía me salpica aquella tarde hace treinta años, cuando un buen amigo en el parque Colón -aquel crucero de los negros allá y los otros aquí-, intentó convencerme de mi funesto destino si persistía en ser periodista radial por nuestro congénito problema familiar.

En fin Jaime, ya ves, no estuve a tiempo cuando nació mi hijo, he perdido aviones y trenes, entrevistas y empleos, pero mi *Charo*, de tanto esperar leyendo, se hizo bibliotecaria de oficio -y, tú sabes, a otra no puedo querer.

En fin que cuando se puso de moda en el pueblo ser ateo, recuerdo aquellos rodeos inmensos que daba para no tropezarme a Cayetano en la puerta del Obispado -siempre aparecía con su sotana y paraguas negros cuando uno menos lo esperaba- y oírle sus catilinarias sobre regresar a la iglesia, en fin *"hijo de masón, hostias..."*.

No era mala persona, algo resabioso, eso sí, pero cuando al fin decidió morirse, quienes tuvieron la tarea de llevarlo al cementerio tropezaron con el dogma, esta vez hecho carne en el *encorbatado* chofer del carro fúnebre, negado en sus cuatro patas a llevarlo a contrasentido por la calle Real, por disposición oficial ahora sólo cuesta abajo.

En fin, la discusión duró horas de saca y mete el catafalco bajo el sol en plena calle Maceo, hasta que el consenso de creyentes, militantes y lloronas fue de llevarlo en hombros loma arriba por Martí hasta donde les alcanzara el aire y luego embutirlo en el transporte hasta su destino.

Me viene la idea esta noche de sábado para domingo de desvelo, mientras se me pasa el susto de cuando me escatiman una hora de vida por aquello de ajustar el tiempo: ¿y si me muero en el intervalo de cambiar la hora, me estanco en el limbo, o espero tal vez hasta el año bisiesto?

Bueno, como diría mi compañero Arturo, pequeño de estatura y genial con la pluma, tan bueno en imitar a otros que cuando se cansó de jugar lo mataron en un accidente ajeno, insólitamente sobrio como cura antes de misa y manejando otro en una plácida carretera: "*Munné, no comáis más mierda*", diría.

Arturito *cará*, fuiste el entierro más sonado de Viñales con camiones *Zil* azules llenos de flores y todo, lástima que te lo perdiste. Al menos te fuiste con el consuelo de dos hijos, pequeñitos como tú y la borrachera aquella de padre y madre que explotaste en medio de la iglesia del pueblo, al final de cuando te dio por ser como el Che.

Aquel escándalo le dio el pretexto al Partido para suspenderte tu título de periodista, ¿fue por un año...?

Había que fajarse contigo entonces para echarte veinte pesos en el bolsillo o llevarte a comer a la casa. Recuerdo que sólo las promesas del plato clásico de mi mujer, lo mejor y único del mercado pinareño de la época: espaguetis con salsa de tomate y boniatos fritos, te convencían de no dormir en las mesas del periódico, tú, el más brillante de todos.

Aquella mesa siempre estaba completa, Papá, entonces recién salido de la cárcel, convicto y confeso de hacer fortuna sin permiso oficial, mi hijo, que hablaba clarito desde el primer año, una copia exacta del viejo, tanto... que hasta se dormían juntos.

Todos mis muertos regresan en esta hora perdida, Arturo, y tú, como aquel viejo cura resabioso, tan preocupado por mi falta de fe me inspiran esta diatriba, luego de perder otro sábado con cien compatriotas en otra ilusa reunión de exiliados, buscando el perdón de extranjeros por haber dejado pasar la vida.

Tú sabes Arturo, aún tengo miedo, se me enfrían las tripas por no ser tan bueno como tú ¿Recuerdas? Sólo con el título tenías la crónica; o tan inconmovible como Cayetano, tanto que se fue de la manera más jodida, por aquello de que la virtud, como las letras, sólo con sangre salen derechas.

Otros de mis muertos queridos me llegan, como el poeta Garrido, Pepe, el que también se me murió en un cambiazo por el entonces estrenado curita José Conrado, hoy todo un teólogo de la libertad, quien me diera con su presencia, un viernes, el mejor regalo de cumpleaños.

Pepe, con su agenda de visitas a los amigos, marcada con los lugares malos, donde recordaba mi enorme perra pastor alemán perdida hacía tres años. En su libreta exprimía sus minutos, pues sabía que le tocaba irse antes.

En un momento se cambió de asiento en el carro con José Conrado y le tocó morirse por él, fue un truco de Dios, uno de esos arreglos de última hora que nos hace para cobrarnos la vida.

Tuve que despedir tu duelo Pepe, ¿te acuerdas...? Con el que hoy es cardenal, Ortega, tan tribuno y yo sólo podía repetir que era tu amigo. Esa era la medalla de tantos de nosotros, ¿dónde estarán tus poemas, tan llevados y traídos por los dos bandos?

Tal vez volaron con todos mis libros, papeles y poemas inútiles en nuestra última casa en La Habana, aquel balcón del Cerro que daba a una mulata descomunal, muchísimo más célebre que las novelas de la televisión. Cuentan que con rabia tiraban libros y libros que empapelaron el barrio, tal vez porque llegaron tarde al acto de repudio del aeropuerto.

Pero bueno, ninguno de ustedes necesita ya tantas palabras, están donde tienen que estar, en el cementerio de nuestro pueblito, donde quisiera me lleven, lejos de esta orilla extraña, tan árida y cruel como sus papeles verdes para pagar la vida. Aquí, donde mi pueblo, a fuerza de lágrimas y sudor ha brotado flores.

Ustedes no necesitan pasaporte, pues no hay fronteras para el espíritu, ni visas para las almas o muros para el pensamiento. Sólo nosotros, los aún vivos, seguimos en este juego de imágenes, de creernos aquél u otro, de espejos prestados, de doble cara.

Es que no tenemos que aprender de nadie, sólo mirar adentro, recordar quienes somos y de dónde venimos, lo demás, como esta hora perdida en la noche, será sólo eso: simple ilusión de realidad. Son los juegos de los vivos, donde nunca aprendemos a parar de correr para existir.

Gracias a todos ustedes, mis muertos queridos, por traerme a la realidad: es cierto que no necesitamos más palabras, sólo otro amanecer de Dios.

Vista USA Octubre 1998

MAYAMI Y SU ENCANTO CUBICHÓN

Parte del *savoir-fair* de Miami lo tienen sus noches, calientes y exóticas como la propaganda turística, algo así como los famosos frijoles negros
cubanos de sus restaurantes, directos de la lata al
consumidor y muchas veces hasta con la garantía
de no pasar por el *microvawe*. Los cocineros aquí
no se premian al *cordon-blue* sino con un abrelatas
dorado, marca Goya.

Pretender comer bien en un lugar *cubichón* es algo así como relacionar la música cubana con Gloria
Estefan, considerar un *juke box* de a *quarter* como
orquesta sinfónica. No es que no quiera, pero no le
da, si hasta hace diez años no cantaba en español,
ahora evolucionó, tal vez por lo del *marketing*.

En realidad, volviendo al tema, Miami no existe.
El espejismo de cartón piedra y lucecitas-de-
colores-para-turistas empieza en el aeropuerto,
donde los ajetreados buses los acorralan hacia las
docenas de hoteles invendibles, posadas olorosas a
desinfectante barato y alfombras raídas, con pre-
cios de Riviera francesa, despreciados hasta por las
putas de a veinte de la calle Ocho: "¡*Qué va papito,
será con otra...!*".

Recuerdo un mapa creado por un novel policía,
preocupado por los asaltos a turistas fuera de tem-
porada, quiero decir los asaltos armados, no las
cuentas infladas de restaurantes. Este *esteroídico*
agente del orden retirado prematuramente, de esos
de ajustado uniforme negro muy a lo tropical y *mo-*

lleros inflados, tuvo la genial idea de crear un mapa donde marcaba con colores los barrios peligrosos para los turistas.

Cuando aquello el tiro al blanco eran los alemanes, demasiado rosaditos y arrogantes para los barrios oscuros, en el preciso sentido político de la palabra. El mapa desapareció de la luz pública de la noche a la mañana ante el *apengustiamiento* de nuestros prohombres locales, temerosos de la reacción negra.

Sin embargo, como todo buen conglomerado hispano-parlante, esta moderna Babilonia que constituyen 30 ciudades y villorrios atrincados en el condado Miami-Dade, con sus 2 millones de habitantes contados, medio millón de ilegales y otros tantos visitantes muy esperados, *Mayami* tiene su encanto, pero bien, bien oculto.

Uno de los atractivos evidentes del folclore local es la política del exilio, con historias de terrorismo, extorsión y corrupción pública, cosas tan típicas y amorosamente conservadas de la Cuba antes-de-Castro, que fueran traídas en las balsas como las ratas en las calaveras de Don Cristóbal.

En realidad no es un asunto tan grave, pues en los últimos años apenas condenaron por corrupción: al administrador de la ciudad de Miami, dos de sus comisionados y su administrador financiero, un comisionado del Condado Dade, tres jueces, dos alcaldes y un cabildero, sin contar al alcalde depuesto de Miami por unos 400 y pico de votos no muy legales.

Faltan algunos otros funcionarios públicos por encerrar, incluyendo un ex comisionado del condado y su asistente, un representante estatal, el ex director del Puerto de Miami y otros tantos que si bien no todos son cubanos descendientes de la vieja guardia, pues hay algún que otro negro, italiano o judío, sí la inmensa mayoría *Son del Caribe* (y no precisamente de la orquesta).

Los cargos son *pecatta minuta*, van apenas desde soborno y malversación mayor hasta fraude electoral y lavado de dinero. Esas noticias nos caen en grandes titulares del mayor diario local, The Miami Herald (ahora a la venta al mejor postor y se dice es la familia Mas Canosa).

Es famoso en este pueblo el hecho de que las grandes noticias aquí caen los viernes, por aquello de alimentar los barbecues de fin de semana con un titular bien caliente. No importa si no hay cuerpo en la noticia, el titular zangandongo combina siempre bien con la carne de puerco y los *six-packs*.

Por eso sorprendió lo de la captura por el FBI de diez espías cubanos (de la Havana, como los Partagás) de un golpe, como el Sastrecillo Valiente, pues sin anuncio previo el sainete se dio esta vez un lunes.

¡Increíble!, pero lo mejor de todo fueron los lugares donde espiaban: la CAMACOL, la cámara de comercio latina, donde es requisito indispensable ser mayor de 65 años para pertenecer y eso en la categoría de *juniors*. Tal vez ése desalmado era el que echaba pimienta en la yuca con mojo para estropearles los banquetes.

Bueno, como dicen las malas lenguas, todo fue para compensar el hecho de que la administración Clinton acusó a dos miembros de la directiva (uno de ellos su presidente) de la Fundación Nacional Cubano Americana por comprar dos ametralladoras calibre 50 destinadas a un supuesto atentado a Fidel Castro y prestar su barco para la acción.

¡Pero, que calumnia señores! Acusar a estos pacíficos señores, arduos trabajadores por la causa de tamaña acción. Si cualquiera se compra un fusilito para tirar al blanco o a los pichones, el calibre no importa 50, 30 ó 25, sólo cuentan las intenciones.

Esta acción política del FBI, ha sido el hazmerreír de las instituciones armadas norteamericanas en el sur de la Florida y es otra medida evidente de la Administración Clinton apostándole al caballo equivocado. Tal vez si la señorita Mónica le hubiera comentado al Billy que la ultraderecha cubana está en retroceso y que ya no tiene el mismo poder de antes.

Es lo mismo del intento lamentable de estropear la fiesta de la música que fuera el concierto de *Irakere*, Omara Portuondo, la *Charanga Rubalcaba* y *Compay Segundo* en el MIDEM de agosto en Miami, con la interminable y ridícula posición de los burócratas del Departamento de Estado, presionando hasta último minuto en darles una visa a esos talentosos embajadores de la cultura cubana, portadores de un peligroso arsenal de alto calibre, destinado a destruir la cortina de bagazo.

Pero olvídense de eso señores, y de las protestas de cuatro gatos en la acera de enfrente, y de la *pendeja* amenaza de bomba contra el Centro de Convenciones de Miami Beach, al final, la música cubana estremeció el edificio, y con él las raíces podridas de un exilio reaccionario en extinción: como la canción Vale Todo de *Maraca* con los *Muñequitos de Matanzas*: "ahora, llegó la hora señores", la hora de unir las dos orillas.

Vista USA Noviembre 1998

EL OLOR A LA GUAYABA

Algunas cosas en la vida tienen fragancias inolvidables, como el cuero de un automóvil nuevo, la esencia de mujer y el tabaco de Vueltabajo. Las palabras tienen olor y sabor, y hasta son tan fragantes como la guayaba, palabra sinónimo en la isla grande de mentira -al menos lo era en mis dorados años de guajirito bachiller.

El hecho de nunca olvidar el origen provinciano y admirar a quienes conservan fresco su trato campechano, me obliga en más de dos décadas de profesión a nivelar la escritura con el lenguaje de los míos y dejar las palabras para el sabor del viento.

De nuevo surgen efluvios madrileños en este laureado periódico [*El Nuevo Herald*, nota del Editor] y lo llamativo no es la cantidad de tinta empleada, sino el tamaño del empaque como se diría en algunas selectas peñas de estos exilios que cohabitamos.

La falsa analogía entre continentes como China e islitas como Cuba es tan forzada como el titular de referencia carcelaria, embutidos en un amontonamiento de palabras para abogar por lo indefendible: el criminal embargo contra el pueblo cubano.

Si un periódico de *Madrij* recuerda ahora la plaza Tiananmen (valga mi mejor *pindín*), no es motivo para copiar el recorte ajeno y sentar cátedra sobre la represión en China y el mercado de órganos humanos -común en países de libérrimo mercado-, sin relación posible con el pan nuestro de cuando Dios quiere en Cuba.

El embargo es, fue y sigue siendo un disparate político, por si fuera poco contrario a los intereses continentales de los Estados Unidos y si no lo eliminaron en los períodos presidenciales norteamericanos de las últimas décadas, es por las torpes prioridades de los ocupantes de la Casa Blanca.

No es portañuela lo que le sobra a Clinton, todo lo contrario: la visión política de eliminar el embargo y pasar a la historia como el promotor de la salvación de la nación cubana, va más allá no sólo de su capacidad, sino de sus pantalones.

Siguiendo en la línea de la indumentaria, la moral no debe practicarse en calzoncillos, como bien aprendiera hace algunos años el último Gran Presidente de los Estados Unidos, ante quien con todos sus defectos y narices me descubro -por cierto, fue el mismo recogido en la historia como promotor de las relaciones con China.

Con el mayor respeto posible, me permito decir a los ilustres *escribidores* que en el periodismo, como en la vida, no valen paños tibios como bien calificara una vez el difunto Jorge Mas Canosa, a quien Dios conserve en la diestra que considere.

No es correcto copiar a otros, o apilar argumentos baladíes para entongar mil palabras por artículo. Si lo crees defiéndelo, pero recuerda: la verdad siempre apesta por sobre la esencia.

El pueblo cubano no tiene nada que pagar por la mediocridad y los errores de otros. Aquí no se trata de cobrar y deber, o de saldo y haber, sino del futuro de la nación y la felicidad de 12 millones de compatriotas, dentro y fuera.

Quienes en *Madrij* no soportan los olores de Hialeah, tampoco pudieran vivir en Buenavista, o el Corojo. Pero de allí sale el mejor tabaco y la verdadera esencia del isleño: apestosa a sudor y ron, olorosa a realidad, tan milagrosa y cotidiana como el primer pan de la madrugada.

Nuestro pueblo sólo necesita una oportunidad y con las barreras del embargo caerán otras más funestas que la limitación del comercio, el turismo o los créditos internacionales. Un pueblo bloqueado durante tantos años crea conductas más fuertes que una ley escrita.

Si se cometieran errores, o el proceso no fuera perfecto, es lo natural: lo importante no es el parto, sino el fruto del amor. Claro, apesta y duele, pero en definitiva son síndromes de vida. Como nos dijera el Papa polaco a unos y otros, remedando al Arcángel: *No tengan miedo.*

No somos chinos, ni alemanes, por suerte ni siquiera suecos. El cambio nos costará a todos sudores y sangre, pero el embargo, como todos los errores humanos, debe desaparecer. Es un principio que debe unirnos, por encima de odios, temores y egoísmos, el verdadero sustento de monstruosidades como el propio bloqueo a Cuba.

El precio del futuro pasa precisamente por nuestro propio sacrificio. Quienes no estén dispuestos a pagarlo tienen perfecto derecho a salirse, pero no hay argumento moral que los justifique a estorbar la felicidad de todos.

La falacia y el odio apestan mucho más que la esencia del amor, quienes tragan arena saboreando agua no culpen a sus sentidos pues son ciegos de alma.

Vista USA Diciembre 1998

ABRIENDO PUERTAS:
CERRANDO HERIDAS

Si fueras a marcar los conciertos y presentaciones de músicos cubanos de la isla de noviembre en Miami tendrías que enumerar: salas llenas de espectadores, unos pocos gritones fanáticos de la acera de en frente y los deseos insatisfechos de escuchar más que sustentarán la extensa lista de famosos de La Habana, esperando su turno para presentarse en la *Segunda Capital de los Cubanos* como llamara a Miami el funesto dictador isleño de la década de los 40 Gerardo Machado aquí sepultado (uno de los tres y medio ex presidentes sembrados en este territorio).

Por supuesto falta el toque de racismo y *Aberecuto y guiri mambó*, lo cual en lengua ñáñiga de los esclavos quiere decir: Abre los ojos y escucha. No se puede olvidar que la base del ritmo y el sentimiento musical de la isla parte del sincretismo mismo de la cultura cubana, de la unión de las tradiciones española y africana con otros aderezos continentales.

En ello influye el rechazo a estos tonos y sonoridades nuevas, no sólo por parte de algunos contados aberrados y otros interesados comerciantes de la radio local del sur de la Florida, viendo en la fuerza y la vitalidad de la música cubana un peligro a sus periódicas recaudaciones entre los tontos útiles.

Sin embargo, el estruendo doloroso de la música barrió con la tranquilidad del barrio, interfiriendo creo yo hasta las mismísimas trasmisiones del *Discovery*.

En cuanto prendieron las primeras notas, el ambiente se transformó en una apoteosis de ritmo en los teatros y clubes de Miami Beach donde se presentaron y se bailó hasta la saciedad.

Isaac Delgado dio el regalo de su voz en el Club Amnesia de la playa con los tonos de una historia de soneros que se remonta a tambores bata y guitarreos andaluces. Manolín (Manuel González Hernández), el médico de la salsa, le puso sabor a los coros y recetándole al público "estar arriba de la bola", clarinada extendida dándole cintura a los tonos. Su talento disminuiría después a titular de tabloide al declarar su ingreso al exilio.

Días después en entrevistas de dos pasitos pa'lante y tres pa'tras se decidió a regresar: "Nunca he renunciado a mi país" dijo y agregó: "No tengo vínculos con ningún país del mundo, solamente con la gente que escucha mi música". Ello no impidió que unas veinte personas se manifestaran contra su espectáculo frente al Club Amnesia y alguien lanzara un cóctel Molotov contra la fachada.

Pero hizo sus maletas y regresó a La Habana: "Yo respeto el dolor de la comunidad cubana en el exilio", dijo. "Pero pertenezco a otra generación. Cuba ha cambiado y también Miami. La música siempre ha estado a la vanguardia de las cosas nuevas".

Pero la tapa al pomo se la puso NG (Nueva Generación) La Banda, creada en 1983, esta vez con José Luis Cortés al frente, quien se lanzó a invitar a cantar en la isla a los cantantes exiliados Gloria Estefan, Willy Chirino y Celia Cruz, cuya música desde hace años *cumbanchea* por fiestas y trillos de Cuba.

Ambos lados se apresuraron a negar la invitación, en las emisoras de Miami y el oficialista Instituto de la Música en la capital cubana. Por lo visto no estamos listos para pasar del miedo a la emoción.

NG capturó sin embargo las noches de la playa, como todo el mundo le dice aquí al reguero de islas que constituye Miami Beach, con un sonido rico, complejo y razonado en un delirio de frases callejeras imbricadas con un ritmo asfixiante, oloroso a salitre, ron, tabaco y mulata, en sus presentaciones en el teatro *Cameo* y el Club *Cristal*.

No sabemos de donde salió el apodo de El Tosco para José Luis Cortés -"Asere, tocar en Miami es un sueño para los músicos de aquí"-, lo cual en Cuba quiere decir directo y sin florismos diplomáticos, tal vez sea por sus visajes de barrio, para lo cual le quedó al dedo el abrir el concierto -humeante Cohíba en mano- agradeciendo a los Orishas estar en Miami y acto seguido cantar: "Nací en La Habana; soy habanero...".

El conciertazo se completó con un homenaje al inmortal Benny Moré, con "Me voy pa'l pueblo" y después la estremecedora Longina, a dúo con una de las despampanantes coristas, muestra de lo que él mismo enumeró como la producción cubana no exportable de "rubias tremendas, mulatas terribles y negras de mandarse a correr...".

Este hijo de Orula por confesión pública, el Orisha benefactor de los hombres y dueño de los cuatro vientos, se recostó en su palo y le cantó a todo el panteón sincrético cubano para que todo el mundo saliera despojado de sus peores emociones y humores, adquiridos en esta ciudad de miedo y barrotes.

"Asere, en primer lugar yo soy cubano", dijo. "Cuba me da el aire que respiro y el triunfo de cualquier cubano en el mundo, también es mío".

Pero el final fue de espanto y truenos y centellas, como despertando al fuego de Ochún y las caderas de Yemayá, los músicos se lanzaron a la oscuridad chispeante de la multitud excitada que como una gigantesca boa se desparramó por la avenida Washington de Miami Beach a las tres de la madrugada, espantando a transeúntes y policías ante la desbordante potencia de una multitud encantada por la magia de la verdadera música cubana.

Vista USA Febrero 1999

AL SONIDO DE MI MISMO

Hay algo de terremoto en mudarse, arrancar todo
lo plantado por años de rutina y *trillos*, esconderlo
apresuradamente en una caja, amordazarle con
cinta pegante y amontonarlo en un camión alqui-
lado donde las cosas se hinchan como animal
muerto.

Es terrible ver la casa despedazándose mientras
descuajamos cuanto podemos y rabiosos barremos
hasta los últimos rincones de polvo y con los papeles, llenamos bolsas y bolsas de basura, como que-
riendo arrancar hasta el último vestigio de nuestra
presencia.

La mejor parte es la aventura, la partida hacia un
horizonte nuevo, donde podemos descascarar una a
una las capas de pintura, horadar paredes para
hacer espacio a nuestros propios recuerdos muertos, perseguir fantasmas de sentimientos ajenos en
los áticos y hacer el amor en rincones extraños.

Hay algo interesante en alterar los relojes y ajus-
tarlos a las nuevas rutas, las nuevas calles. No es
sólo un problema de remplazar cerrojos, tiene que
ver con la latitud con que enfocas tu cama, o los
rumbos de tu brújula para llegar a casa -el hambre
se acrecienta con la lejanía.

Siempre he amado el crujir de los pisos de made-
ra, su calidez y firmeza contra mi piel descalza,
aquello de sentir algo vivo contra ti en la noche
cuando las ventanas vibran con sombras de árboles
vivos. Tengo una vecina rubia paseando desnuda

bajo su bata de felpa, protegida por su inmenso perro negro, de corazón de peluche.

La primera vez que vislumbré su aparición tras la ventana enrejada y el embrollo de gajos, me enredé con los infinitos cerrojos de rejas y puertas y cuando al fin mis pies descalzos salieron a las losas húmedas de la escalera -aún conservo la bronquitis del delito-, me abofeteó el sauce llorón del jardín con su regusto a fragancia de ungüento triste.

Sólo encontré al perro de ojos azules dormitando alerta la encrucijada de la esquina, al cual tienen que esquivar los escasos autos al pasar. Hablando de animales, los míos crecieron, aparte del gallo con afanes de perro, el conejo con complejo de gato y la gallina -ella es una gallina americana, pone rigurosamente mi huevo del desayuno cada mediodía- tengo un perro, pequeño, negro, de nariz de pintas y algo loco. Encaja bien, aunque no sea como Platero, peludo y suave, es sólo un perro.

Esta y muchas cosas nuevas para el Año Nuevo. Si logré sobrevivir a las fiestas fúnebres de Navidad, al tributo a las visitas familiares de cada día, puedo enfrentarme a las novedades. Como de este programa para la computadora que escribe al dictado.

Al principio fue divertido, siempre me han encantado los juguetes nuevos, desempacar envolturas brillantes y los segundos del descubrimiento -la anticipación de las desnudez es más regalo que la intimidad misma-, pero la gente me regala corbatas, o botellas de licor -esta vez por primera vez en 20 años, alguien adivinó mi marca preferida de coñac para tomar sin apuros- gracias Manny, María Elena.

No le encuentro el gusto a una máquina para interpretar deseos, se siente uno como poseído por esos engendros mecánicos para-sustituirlo-todo que se inventan en este país y así la gente no descubre que abandonó hace diez años a la familia y los amigos en un Mall cualquiera.

Los regalos han sido buenos, me sorprenden los timbres de mi nuevo teléfono -no puedo diferenciar las líneas y eso provoca que muchas veces no conteste- lo siento, es enteramente a propósito, odio las interrupciones. Las otras son por la música, un día mi hijo se apareció con un audífono inalámbrico para que pueda escucharla sin interferir en la vida de los vecinos.

Ahora puedo bailar al sonido de mí mismo con mi perro en las tardes, en la hierba, algo así como la canción ahora de la Muchacha Desnuda en las esquinas, bajo la lluvia -¿tal vez se llama *Thank You*?-, plantada en el metro, el supermercado, y solo algunos tocan o ven, envueltos en su burbuja de egoísmo, sus verdes espejuelos a la medida para la ceguera de ambición.

A poco ¿quién soy yo para juzgar a nadie? Ni a los amores torcidos de Pepe, su única protección contra el destino, todos los poetas siempre han tenido una frágil cobertura contra la realidad, como las mariposas, tienen su fecha marcada en la crisálida.

Créanme, los míos están aquí conmigo, siempre, ellos dejaron su polvo y sus huesos en nuestra islita verde. Como aquel amigo que pagó con su vida el robo de mis poemas adolescentes, hay fuerzas naturales con las que no es negocio jugar.

Bueno, volvamos a todo. Hay canciones que son pinturas de muerte, como fue aquella del Caballo

Pálido que Cabalgaba en el Desierto, frente a bares cerrados con carteles oxidados o Con su Blanca Palidez, la mejor imagen conocida de la Parca.

Mayami es un pueblo así, lleno de fantasmas. Llegan en botes o aviones y nunca pueden salir de las sombras. Viven vidas ajenas, alimentándose de ilusiones enlatadas, hasta que se equivocan de mañana y los fulmina la realidad en una esquina cualquiera.

Son los fantasmas del exilio, los traficantes de ensueños, pero... esa es otra historia.

Vista USA Febrero 1999

Orgullo y prejuicio

Las tormentosas relaciones Estados Unidos-Cuba confirma la tradición de tensiones cíclicas entre los dos países. Más que relaciones al nivel de gobiernos tiene tono de páginas de folletín por entregas.

Si no fuera por el sufrimiento de las familias cubanas y el penoso cisma de ambas orillas, los *juegos de guerra* de los países serían sólo dignos de una crónica sobre el intrascendente ejercicio de inteligencias y no motivo para el análisis político.

Pero, a pesar de lo lamentable y *rocambolesco* del desafortunado desenlace de los acontecimientos, no podemos cegarnos ante el despliegue propagandístico y pensar que todo ha terminado con un triunfo para una parte u otra.

No es tan sencillo como jugar y ganar. No han desaparecido ni las ínfulas de estos unos ni la obsesión de aquellos otros.

Fue por la frustración ante *los pasos demasiado tímidos* o tal vez demasiado *rápidos* en un progreso de relaciones que en realidad nunca existió. Ahora será por la *euforia combativa*, pero como de costumbre lo peor es que nadie quiere escuchar.

Sólo es admitido el clamor de las excitadas multitudes, siempre demasiado tardío para prevenir lo inevitable. Pero eso sí, más adecuado como espectáculo que el zapateo a nuestra tradición de soberbia nacional.

Recuerdo cuando la visita de Mijaíl Gorbachov a La Habana a finales de la década de los 80, el extemporáneo exabrupto de Fidel Castro en una conferencia de prensa con los cientos de periodistas acreditados, reunidos en el Palacio de las Convenciones.

Visiblemente molesto, Castro interpeló entonces a una periodista que comenzó la ronda de preguntas, de por qué se dirigía al dirigente del país mayor, obviando su presencia como representante del país pequeño.

De este complejo de David, de repudiado, obviado y despreciado país bananero, padecen también dirigentes del exilio, correctos herederos de nuestra república de *Generales y Doctores*. Aquellos mismos que pronuncian más veces el nombre del Caudillo que el del Creador (*llaman tanto al diablo...*).

Ayer mismo. En una discusión radial un grupo de jóvenes tildaba a la isla histórica lo mismo de *tacita de oro* que de *burdel yanqui*. Una realidad que ellos nunca conocieron y por lo visto quienes se la contaron, mucho menos.

La *latino americanización* o vuelta al *Tercer Mundo* de Cuba ante la interrupción de los subsidios *soviéticos* puso a flote al país real. Una hambrienta islita *batida por los vientos alisios*, destinada a vitrina de venta de abalorios históricos.

Si bien la Revolución Cubana nos lanzó a la palestra internacional como la nación que no éramos y ya nunca seremos, también nos obligó, por la *sisifesca* búsqueda de la pretendida independencia, a abandonar a un *monstruo* entregándonos a otro.

Por cierto que era mucho menos cercano, no sólo en lo tocante a geografía. Y nosotros, tan poco preparados como la Rusia de Lenin para un régimen marxista, diseñado por su propio creador para un proletariado *en sí y no para sí*.

Nuestros *próceres* de hoy nos vendieron por menos de *un plato de lentejas*, pues la Ley Helms-Burton es una expresión corregida y aumentada de la Enmienda Platt, en la cual no hay cabida para una futura república soberana sin la tutela del gringo. ¡Ay, José Martí...! Cuánto nos advertiste...

Tradicionalmente nuestros caudillos se preocupan más por verse en el espejo de la opinión ajena que mirar a su alrededor y por ello somos como un pueblo invisible, más propio de palabras que a hechos.

Se decía *antes* que la opinión del Embajador *yanqui* era decisiva en los gobiernos anteriores.

Por supuesto, hoy no es así. Ahora cuentan más los ciclos electorales para la silla de Washington que los de la ordinaria distribución en las carnicerías cubanas.

Es por ello que pueden regir nuestras vidas esos minúsculos grupos de personas desconocidas para los comunes mortales pagadores de impuestos. Ellos se reúnen en oficinas climatizadas a miles de kilómetros de nuestros hogares, pero determinan certeramente nuestros destinos.

No puedo asegurar si dentro de las variantes posibles de quienes instrumentaron las *dinámicas operacionales* del *Track II*, estaba la posibilidad real de la pérdida de vidas humanas ante las reacciones del Gobierno cubano, pero varios altos funcionarios dieron varias señales previas.

No quiero pensar tampoco que quienes se ocupan de estos asuntos son personas incompetentes, o que no hayan estudiado a profundidad las relaciones de ambos países en los últimos 150 años. Por tanto, *sabían*.

No es necesario un artículo para evaluar la calidad de su trabajo, pues es evidente la ganancia política para la actual Administración. Ahora el presidente Clinton tiene *las manos libres* para sus maniobras electoreras.

Del otro lado los *halcones* se consolidaron dentro del régimen cubano y se dio una demostración de fuerza a la maltrecha disidencia cubana: no se tolerarán *concilios* ni prensa independiente, pues *se terminó el romance con los capitalistas.*

A quienes estamos fuera del juego sólo nos queda lamernos las heridas una vez más y esperar por el próximo capítulo en el noticiero. Como dijera una figura histórica con extensa experiencia en estos lances: *un muerto es una desgracia, un millón de muertos es estadística.*

Sólo espero que en los próximos capítulos se trate esta vez de nuevas corridas de espías y lances diplomáticos. No importa el qué dirán, si te paras en la acera del sol o la sombra. Sólo trata de evitar que te arrollen los acontecimientos.

Con estos truenos, Dios nos coja confesados.

Vista USA Marzo 1999

FUEGOS ARTIFICIOSOS
Y LUCES DE VENGANZA

"Mas de nueve millones de dólares en ventas para el comercio local y la confirmación de la desaparición del exilio cubano, fue el Carnaval de la calle Ocho de este año, con la mezcla de sudor latino y bailes de todo el continente en el centro de Miami".

Este sería el principio de cualquier información con vergüenza en una ciudad donde *lo que importa es el cash*, como plantea un popular anuncio pachanguero de un canal de televisión por cable local que desplazó al famoso *lorenita* como el chiste de moda en las cafeterías populares (al pedir un cortadito de leche y café, el tentempié mañanero de nosotros los *probes*).

A los organizadores del *Carnaval de la Calle Ocho* se les va de las manos la fiesta de este año, donde el gran ausente fue la música cubana comercial de cartón piedra y barrió el merengue, arrasó el vallenato y cuanto ritmo tropical por estos días enrumba los trillos del Caribe y aloca corazones partidos.

Querían despedir el milenio con una fiesta grande y la Nueva Babilonia *salsera* que es el Miami de hoy barrió con los pronósticos e inundó la Pequeña Habana que dejó de serlo con el carnaval más concurrido de sus 20 años de historia.

Las más de dos millas de recorrido fueron una confluencia de acentos desenfrenados, en una parte del sur de la Florida donde lo único cubano es el nombre, con una comunidad envejecida en retroceso y pupusas y tortillas en cada esquina, entre la avenida 27 y la calle 4, donde un mar humano, cadencioso apretujado y oloroso apenas dejaba heridas en el tumulto para respirar o tirar un *pasillito.*

Hubo de todo, desde grupos llamando al encuentro con Jesús y evitar el pecado original, hasta mujeres orinando en la esquina del McDonald (eso sí, bajo abundante protección policial). Montañas de basura, desinformación y el despelote, fueron botones de muestra de la falta de previsión de los organizadores, lo que dijéramos los puntos negros de la fiesta.

Quienes encontraron los servicios sanitarios, hacían colas de hasta 20 personas para utilizar uno de un promedio de tres baños portátiles en cada intersección, mientras los comerciantes del área cobraban 50 centavos para echar un número uno cervecero.

Cuando de veras fueron las luces de venganza fue a la hora de marcharse y miles de frustrados pachangueros con niños, perros, palanganas y suegras a cuestas intentaron tomar los ómnibus hacia los parqueos en el Orange Bowl o en la estación del *Metromover* del Metro de la calle Brickell y de eso nada, tuvieron que caminar millas porque ni la propia hastiada y atropellada policía de la *sempitérrima* ciudad de Miami sabia ni pito.

¡Cosas de mi ciudad! Pero de veras se comprobó que la mezcla caribeña, quisqueyana, borinqueña, haitiana, nicaragüense, colombiana y hasta cubana en algunos pedacitos, demostró en la calle que la realidad del sur de la Florida va mucho mas allá de la turba vociferante de un grupo de vejestorios racistas: Miami se empapó de Caribe con su carnaval y la variopinta mezcla de razas del Carnaval se tragó a la fiesta vieja.

NO QUEREMOS FINALIZAR ESTA CRÓNICA

Sin darle a nuestros queridos lectores una panorámica de la actualidad noticiosa y de lo que no se publica pero se sabe en el mundillo artístico de South Beach, donde se concentran en apenas dos michas (argentino por millas) de nalgas y *pichitas*, miles de modelos y cocainómanos famosos de todas partes del mundo.

En primer lugar la ruptura de contrato entre la Sony y Don Emilio Estefan a quien Nuestro Señor mantenga en control del mundillo artístico local para bien y para mal de muchos de nuestros talentos latinoamericanos.

Eso trajo cola, pues la señorita (¿o señor?, *wathever...*) Albita Rodríguez, trató de hacer negocio directamente con la firma disquera por encima del Don Emilio y no le salió bien. Esto confirma que en el sur de la Florida los amigos son amigos, pero *el Cash es el Cash...*

Para quienes no conocen de esto, el mundillo de South Beach se considera centro del orbe musical: *"Tenemos los ojos del mundo enfocados en Miami"*, dijo el propio Emilio Estefan Jr. recientemente "Hasta los productores de todo tipo de música dicen que quieren ver lo que estamos haciendo".

Ellos concentran en sus estudios *Crescent Moon* lo que llaman su sonido *exclusivo de Miami*, que es una mezcla de música popular norteamericana (pop) y ritmos latinos, lo cual produjo un éxito sin paralelo en el *crossover* de Gloria quien durante años se negara a cantar en español, hasta que encontró el momento correcto.

Bajo la influencia de Estefan, estrellas mexicanas como Alejandro Fernández y Talía se lanzaron exitosamente; como la cantante mexicana de rancheras Ana Gabriel, la colombiana Shakira, de rock/pop, y la cantante folclórica argentina Soledad, y ahora otras están acudiendo a Estefan esperando el mismo éxito.

Pero aquí radican también Rudy Pérez, productor de Julio Iglesias y de la estrella mexicana de pop Cristian; Desmond Child, que trabaja junto a Ricky Martin; el arreglista del famoso Luis Miguel, Bebu Silvetti, y el socio de Estefan, Kike Santander que escribió y produjo el hit de Gloria Estefan, *Heaven Is What I Feel.*

Por otro lado se sabe que la banda jamaicana de música reggae *Inner Circle*, cuyo Bad Boys ayudó al grupo a obtener un *Grammy*, montaron un ultramoderno estudio de grabaciones en el sur de la Florida.

Y aquí se filman y producen clips y videos de todos los pelajes como el del animador y productor musical Víctor Calderone, a quien Madonna escogió para que produjera su hit *Frozen en Liquid*, el club nocturno de South Beach. También recientemente el cantante puertorriqueño Carlos Ponce, criado en Miami, ocupó el primer puesto en la lista de Billboard latino con su canción debut *Rezo*, que se concibió, grabó y promocionó en Miami.

Este pueblo se considera y promociona como el centro de la música latina y algunos se lo creen, como las seis principales compañías multinacionales: Sony, EMI, Polygram, WEA, Universal y BMG quienes abrieron aquí sus oficinas para Latinoamérica.

Y basta ya que son las tres de la madrugada y me botan de este bar al que no hago promoción porque los tragos son caros y aguados y cierran antes de que un periodista decente termine su trabajo. ¡Nos vemos el mes que viene si Manny y Dios quieren...!

Vista USA Abril 1999

LA CONSPIRACIÓN DEL SILENCIO

Eran poco más de las cinco de la tarde y los pasillos desolados de *The Miami Herald* me traían como nunca la imagen árida y estéril de mis temores de niño.

No olía a desinfectante sin embargo, ni tampoco evocaba el *retortijante* espectro del aroma a hueso molido y acero de la maquinilla del dentista.

Como de costumbre, me equivoqué de puerta y una amable empleada –tan falsamente rubia como anglo- me señaló la oficina del señor de Personal, con su inequívoco apellido vasco y nombre de muñequito de Disney.

En la pared orlada de diplomas y retratos, se destacaba uno por sus tonos y dimensiones, era algo así de comisión contra la discriminación y por el buen trato.

Me vinieron a la mente las bromas desatadas en Cuba por la decisión oficial de crear la "composición social" a todos los niveles de Gobierno.

Era algo así como la versión cubana de la igualdad de oportunidades, donde se discriminaba doblemente a las personas, por ser negros o mujeres, utilizándolos como tablero de anuncios de las bondades sociales por decreto compartidas.

No hablemos ya de la humillación de obtener una posición, no por tus méritos o tu capacidad, sino por ser miembro de la minoría creada por la discriminación.

Por este señor con nombre a lo *sobrín* de McPato me enteré de que el periódico más grande de la ciudad no aceptaba mi decimoquinta solicitud de trabajo "por mi química personal", no ya por mi forma de pensar o el color de mi piel, sino por no caerle bien a "alguien" en la dirección.

Me sentí más blanco que nunca.

Comienzo con esta anécdota para mostrar cómo la discriminación y el racismo se vuelven peor cuando te viene de tus propias gentes y tergiversa todo el sentido de una sociedad que pregona ser la más igualitaria y democrática del mundo.

La actualidad de la gran prensa de Miami no tiene parangón en el mundo, por estar conformada por ingredientes únicos, cocinados en el caldo de los exilios que coexisten en esta urdimbre de calles y canales cenagosos de ciudades y villorrios integrantes del Condado Dade, enquistado en el Gran Río de Hierba del sur de la Florida.

Existe un círculo vicioso en el cual la noticia se regodea de emisora en emisora y periódico a periódico, repitiéndose hasta el infinito con un tema central: este es el mejor de los lugares posibles, habitado por los perfectos, de los cuales todos y en primer lugar, nuestra propia gente, deben aprender y adorar. La cumbre de los idiotas latinoamericanos.

La teoría no es nueva y el concepto de Tótem y Tabú puede aparecer en muchos clásicos cuyo rabo (perdón, cola) no viene al caso. Lo lamentable es la actitud a lo rey desnudo tratando de convencer a todos de la existencia de su inexistente vestuario.

Recuerdo a quien fuera director del mayor periódico local, el señor David Lawrence, repitiendo airado a un servidor ante un grupo de desconcertados editores de los más importantes diarios del continente: "Esas ideas son estúpidas".

Sin embargo, ni él mismo pudo controlar el aro de la serpiente.

Por confesión propia de las partes -aún en transmisiones en vivo en emisoras de radio-, es necesario ocultarle la realidad pasada de la Gran República cubana a los más jóvenes y los "venidos de fuera" -sería interesante saber si ellos son menos inmigrantes que nadie-, pues para todos la imagen de "nuestro país debe seguir siendo la mejor". Mejor que nosotros mismos diría yo.

Dos condiciones supinas deben darse para poder ejercer como periodista en los grandes medios de este engendro de colectivo humano: tener el espinazo flexible y la mano corta. O sea señores, escribir lo que te mandan y cobrar poco.

Lecciones como ésta la han aprendido mal a su pesar colegas que deberían ser políticamente correctos para la óptica local de extremismo y sin embargo, tan pronto pisan territorio *mayamense* y se les acaba su cuarto de hora, deben acogerse a la ayuda familiar o al seguro de desempleo del Gobierno para poder subsistir.

Si ustedes tienen el tiempo y la oportunidad de comparar los nombres de las estrellas menos envejecidas de los medios de comunicación locales -radio, televisión y el periódico mayor-, encontrarán una rara coincidencia de nombres que se repiten o transfieren de uno a otro lado.

Hijos de..., primos de..., ex-esposas o amantes, o *boy friends* de..., se transfieren de piso y de medio de prensa como de camisa, o de cama, siempre con el paracaídas de oro de saberse la posición acertada o conocer a la persona indicada.

Pudieran ustedes decir, bueno..., para romper eso, sencillamente créate un nombre y avanza por ti mismo.

Pues no señor, esa misma sugerencia me la dio personalmente otro funcionario de nombre huracanado de la dirección de personal de nuestro gran periódico local, pero a este loable objetivo se le se oponen con todas sus fuerzas demoníacas y horrorosas la innegable -y comprobada existencia- de los Gremlins en los ventosos y helados pasillos del *Monstruo de la Bahía*.

¡A poco no...! Pues sí, como dirían en México, los artículos, cartas, comentarios y mensajes de las personas inscritas en las negras listas de la *Conspiración del Silencio*, desaparecen por arte y magia de un código secreto de las computadoras de este laureado periódico, llegan a las mesas de los editores el día en que las secretarias no pueden transcribirlas -a pesar de ser entregadas en disquetes o por *E-mail*-, o sencillamente acompañan a la *Carabina de Ambrosio* en su polvoriento esquinero de olvido.

Perdí una apuesta hace unos años, cuando con un grupo de colegas decidí enviar una crónica a la mala copia en español del *Monstruo* y firmar con un seudónimo, práctica corriente en la prensa de este país.

Pero me apresuré y pagué la prenda, pues predije que lo publicarían en tres días y la llamada llegó en cuatro en voz de la propia subdirectora Editorial. Por supuesto la invitación desapareció tan pronto confirmaron el autor real. Un humilde servidor.

Si no fuera poco la manipulación de la noticia, la falta de profesionalismo -o lo que es peor, el no ser ni intentar serlo-, se limita a quienes traten de expresar una opinión diferente o que puedan representar un peligro para la mediocridad promedio del periódico o la emisora.

La Directora del sur de la Florida de uno de los dos más grandes partidos políticos de este país, me confesó la negación de una entrevista, pues "por decisión nuestra no queremos darle aire a esa emisora".

Por si fueran pocos los bancos de llamadas pagados para desprestigiar políticos y destruir programaciones de la competencia, el terrorismo económico a través de amenazas personales, o a los anunciantes, la exhortación radial a boicotear a quienes se salgan de la línea correcta, el pago bajo cuerda o el chantaje a los dueños de las emisoras o los bancos que las financian, ahora ser políticamente incorrecto se puede pagar con el desempleo o la ruina.

Es famoso en el medio que dueños de emisoras han llegado al grado de crisis de cerrar plantas de radio para desarraigar a comentaristas, por ofertas suculentas del bando contrario -o tal vez amenazas..., vaya usted a saber.

Por supuesto que Miami -entendiendo como se conoce a esta zona del universo por su nombre genérico- está cambiando y para mejor. Cada vez se oscurece y se torna más india, diría yo que Gracias a Dios.

Por tanto la discriminación y el racismo, componentes básicos de los humores *gánglicos* de estos conspiradores de la mentira, tienen ahora blancos múltiples que atacar.

Se nombra a personas de evidente origen minoritario de las minorías más populares, algo así como vestirse con ropa de K-Mart con etiqueta hacia afuera para mostrar tu populismo barato, mientras el control se mantiene por los de siempre.

Hay emisoras que ni eso. Si no eres cubano, o tienes traza de indio, negro o mestizo, o eres menor de 65 años, no tendrás la más mínima posibilidad de trabajo, no digas ya editorializar sino de sencillamente de participar en programas con opinión propia.

Uno de nuestros supervivientes adalides de la radio, famoso por sus entrevistas sin preguntas a Próceres desaparecidos, me dijo en confianza cuando recién llegado cumplía el tour de emisoras, algo así como el obligatorio peregrinar del hijo pródigo por los altares familiares.

"*Muchacho, si quieres hablar por radio cómprate una emisora*". Santa Palabra y aunque no me gusta hacer leña del Árbol Caído, le digo: "Don Tomás que le ajuste bien su proverbio".

Volviendo al tema de las conspiraciones, creo que hay algo de cierto en la acusación a los cubanos de vivir viendo conspiraciones en todas partes.

No quiero insistir en la historia de mi país, aunque nuestra islita ha sido pródiga en producir Caudillos de mentiritas, Generales y Doctores a *tutiplén* y precisamente tres y medio de nuestros presidentes descansan sus huesos en este lar.

Hace unos días un colega de espinazo *partío* me decía: "Nunca empieces una pelea con alguien que compra la tinta por barriles" y mal que bien me salió la respuesta como un borbotón de sangre: "*Desgraciadamente Sancho, ni el talento, ni los principios salen baratos como el papel*".

Vista USA Mayo 1999

LOS DE ACÁ ME QUIEREN MATAR Y LOS DE ALLÁ ME ANDAN BUSCANDO

Hay cosas tan constantes como el café en las mañanas o la renta del día primero. El amor de los tuyos o el odio de los otros. Aunque hay que ver si es de una y otra vuelta, como aquello del sabor agridulce o los cariños que matan.

Ahora, mientras llueva a cántaros y los cristales se empañan puede escribir esto, con el aire acondicionado ronroneando en mi Honda 92, que ni siquiera es mío y siento la adrenalina que me recorre el espinazo al acordarme del temblor por lo de miedo escénico en las estrictas ocasiones de las apariciones públicas.

Como aquella noche hace más de diez años que me enfrenté en público a la dirección política del Partido Comunista cubano y le denuncié al propio Fidel Castro la malversación descarada de más de 68 millones de dólares en la Televisión cubana, en un país sin recursos para calzar a sus niños.

El Comandante en Jefe dio, iracundo, un puñetazo en la mesa y mis colegas en el control maestro de la televisión no se atrevieron –o no quisieron, G.A.D.- censurar la escena y la transmitieron sin audio. La que se quedó si voz fue mi esposa, mientras preparaba el desayuno de mi hijo en la mañana. Ella, muda corrió al comedor a los gritos del niño: "Mira a Papá con Fidel en la televisión..."

Más tarde me dijo que aterrada pensó: "De esta sale preso o peor..." No tanto así, pero el primer *bao*... lo di en Vietnam y luego a Camboya. Las apuestas subieron de su iba a pedir asilo político en algún lugar, pero tampoco. En el 91 llegué a Miami.

Creo que hay algo de suerte, o lo que decía aquel intento filosófico de Joseph Stalin, "el modo de producción asiático", ¿...o fue Lenin? En fin, el papel del hombre en la historia o la persona oportuna en el lugar adecuado. Mi abuela *Fela*, que Dios tenga en la Gloria, lo resumía en: "pon a andar el cerebro primero que la lengua".

Por supuesto que ella lo aprendió de mi bisabuelo Pablo Rodríguez, coronel del ejército libertador. Bragado el viejito, enjuto y pequeño, se pasaba las madrugadas seniles conversando con sus muertos. Sólo se ponía en atención para saludar al Generalísimo Máximo Gómez, aquel diminuto dominicano de lentes y espinazo de acero que nos regaló la Independencia.

Puedo haberlo tomado de mi tío Rubén, el Hosco, quien llevaba su fama hasta fuera de su salón de clase y a quien tres trombosis no le han limado el espíritu. Un día en su Buick 56 plateado lleno de niños, nos detuvo un policía en las afueras de la Habana, en la época brava de los 60 y mi bigotudo tío, sin discutir la injusticia le rompió en pedazos el papelito de la multa en la cara, siguiendo su camino sin apagar el cigarro.

En otra ocasión para cobrar una ofensa, dejó ese mismo Buick andando hasta que un poste caritativo lo detuvo y llevo a batazos a un miserable hasta la propia estación de policía, donde hubo un corre-

corre de cabos a buscar pistolas, ante tamaño genio hecho gente.

No olvido sin embargo su cariño enorme, con su uña negra de tabaco rubio de *Vueltabajo*, enseñándome los malditos quebrados que mi rechazo histórico a la ciencia por poco pone al borde del abismo mi frustrada carrera de médico, aún sin comenzar el bachillerato.

Cosas de la vida y pedacitos de la memoria que se graban a hierro ardiente a las neuronas, algo así como el color de los olores. Pero eso es otra historia.

Te prometí María Elena explicarte esta frase tan dentro de mi gente, como la pasta de guayaba con membrillo y voy a eso, pero antes quiero comentarte mi suerte loca, como lo que me pasó hace dos semanas, cuando hacía tiempo en la antesala de una reunión académica para participar en uno de los interminables debates sobre Cuba que hacen famosa a esta ciudad.

Levanté la vista de unos papeles y me topé con un canoso americano de maleta que me preguntó sobre la reunión y le dije: "Aquí mismo es".

Mi reflejo automático de periodista me llevó a darle mi tarjeta y se ajustó los espejuelos mientras la leía, y pude ver como la cara le cambiaba, a la vez que se sacaba dos papeles de los bolsillos y los botaba al piso alfombrado, rascándose con fruición a seguido los *cojones*, evidentemente estrujados por el violento viaje mañanero en avión desde Washington.

"Nos conoce Mister..." Le dije mientras leía la tarjeta de *Radio Progreso*. "Seguro que sí lo conozco, muy bien...", me dijo y como alma que lleva el Diablo partió hacia el salón, no sin tomar en la ruta una taza de café aguado del buffet.

Más tarde, mientras la adrenalina me corría en mis treinta segundos de miedo escénico, herencia de ocho años en la televisión cubana, le pregunté a ese mismo coordinador de la Oficina de asuntos cubanos del Departamento de Estado: "¿Sabe usted que el Gobierno cubano tiene simpatizantes no sólo en la isla, sino aquí en su propio país y que miles de mis conciudadanos culpan a la administración Clinton de sus miserias y hambres, por el embargo criminal y genocida mantenido desde hace 40 años...?"

Respondió pestañeando seguido, con su sonrisa lavada y ajustándose sus espejuelos de aro: "¿Su pregunta era, señor...?

Vista USA Junio 1999

Mi suerte loca

Confieso que he vivido y prefiero hacer las cosas despacio para que todo salga como de mano de artesano, las palabras una tras otra, los sentimientos amalgamados, el amor hecho al minuto, la cocina..., bueno de eso sólo sé comer.

Y no quiero mentir, ni siquiera fantasear en estas columnas locas, aunque el pasar del periodista, el ser aprendiz de todo y maestro de nada, te empuja a los rincones del mundo y convierte en testigo obligado de miserias políticas inimaginables.

La gente crea leyendas, los mitos se construyen sobre la ignorancia y soberbia de los *aldeanos vanidosos*, en un círculo infernal destinado a los machacadores de la información, donde caemos aún sin quererlo, por aquello de la idealización de quienes nos ven como galanes de su novela de las siete en el noticiero de las ocho.

Te achacan de todo, desde los perros que no comiste cuando viajaste a Indochina, donde son *delicatesen* fuera del común viandante, hasta la historia de la pistola puesta en los *cojones* de un político *cubichón* en pleno restaurante de la calle Ocho, cuando el susodicho –pretendidamente- insultó a las cubanas de la isla.

No hay nada de cierto en eso. Pero sí es real que tal vez no tenga el dudoso honor de encabezar la lista negra de periodistas vetados en *The Miami Herald* y su infame suplemento en español, pero por lo menos me cuentan entre los primeros cinco.

Por confesión de partes mi *química personal* me impide formar parte de su dudosa colección de recientes adquisiciones, ésas como camisa de pulguero –págala a $2.50 y bótala mañana- a pesar de entrevistarme tres veces con fines de conquista –por cierto, ahora que recuerdo, la mayoría de las emisoras de Miami ya ni siquiera pronuncian mi nombre.

Al menos cuando me expulsaron de la Televisión nacional cubana –despedido a tiempo completo, así como del sindicato de obreros de la cultura siendo Vanguardia Nacional, de la unión de periodistas de Cuba, a pesar de tener la medalla José Martí y cuatro premios nacionales de periodismo- y de cuanto se les ocurrió, sabía porque la vi que estaba en la lista negra, pero nunca imaginé que esos mismos vientos harían olas en Miami.

Hablando de lo que el viento se llevó, el Monstruo de la Bahía –como llaman aquí a *The Miami Herald* por tener su edificio frente a Biscayne Bay-, dicen que sólo se mantiene por la inercia del inmenso cascarón casi vacío y los millones inyectados por la cadena Knight-Ryder, tanto al periódico en inglés como a su maltrecho hijuelo dicen que en español: *El Nuevo*.

Los recortes millonarios de presupuesto primero –ascendieron en 1995 a 32 millones de dólares y doscientos empleos menos-, hasta las renuncias masivas de personal y el descenso de calidad en los departamentos, mataron la calidad editorial, pariendo un periódico tan canijo en español que confiesa no hacer editoriales para proteger la entrepierna.

El asunto en el oficio no es mentir, ni siquiera florear intencionalmente con las palabras, la treta radica en repetir la mentira tantas veces para hacerla creíble, y esto no es mío, es de Goebbels, el ministro de propaganda de don Adolfo el austriaco, el industrializador del reciclaje humano.

Lo que pasa con el Heraldo, por llamarlo como debería ser, radica no sólo en la falta de seso y sustancia, producto de la contratación de personal cada vez más barato y deleznable, todo parte de su propia *densidad* editorial.

¡Ojo al parche señores! Como dijera el maestro. El asunto va en que hacen un periódico tan *pesao* y *tracatán* que no lo soportan ni quienes deberían estar complacidos ante tal línea editorial sumisa y vil, *pretendidamente* dirigida a complacer a determinados sectores de la comunidad.

Esto es, lo mejorcito del selecto grupo de pudientes familias cubanas, enriquecidas con el sudor de su esfuerzo en 200 o 300 millones per cápita, producto de felices épocas de lavado de dinero y saqueo de fondos públicos, las cuales ponen el cash en anuncios destinados a apuntalar los dicen que ochenta mil ejemplares diarios en español de *El Nuevo Herald*.

En mi propia cara y en su propia oficina del sur de Miami, el recientemente fallecido prócer Jorge Más Canosa, presidente de la agonizante Fundación Nacional Cubano Americana, me confesó que iba a ganar la guerra con *The Miami Herald* –en la época no muy lejana en que la cosa se puso tan mala que hasta el propio ex-director David Lawrence le puso una alarma antibombas a su Pontiac Boneville, mientras le embarraban de mierda los estanquillos del periódico en Pequeña Habana–, en la forma que mejor sabía: "*invirtiendo en la Knight-Ryder*".

Ahora el periódico está en venta y el propio Joe Natoli —representante de la cadena de periódicos en el sur de la Florida- me llamó un lunes por teléfono a mi casa para negar el rumor de que se le había hecho la oferta a una pudiente familia puertorriqueña —léase los Ferré, dueños de *El Nuevo Día,* cuyo editor, Carlos Castañeda, es ahora editor de *El Nuevo Herald* en Miami.

No se crean, no es fácil hacer periodismo de esta calidad, buscando la cantidad —de cash-, siempre tiene que estar uno a la busca de todo lo malo del bando contrario —léase Fidel Castro, su minúsculo grupo de seguidores integrado por apenas once millones de secuaces que se mantienen en la isla, otros tantos cientos de miles en el sur de la Florida que persisten en viajar a Cuba y ponerse al embargo, sin contar todos los países latinoamericanos, comenzando por México, quienes apoyan estas ideas.

Todos los viernes deben publicar —para dejar el fin de semana en su salsa de *completa* integrada por *ycadillo-on-apita* y *adró-on-frídole-negdo-y-latanito* a la *cubichonada-,* el descubrimiento de una conspiración, un desertor, un traidor o inflar una manifestación de cuatro gatos destinada a protestar contra cualquier visitante de la isla.

La sazón se completa con no publicar nada en lo absoluto sobre corrupción, robo de fondos públicos o políticos venales relacionados con el grupo dominante vinculado -¡casualidades de la vida!- con esos anunciantes que alimentan su paga cotidiana...y ahí les vamos.

Ejemplo al parche: vayan a Internet y busquen en la página de *The Miami Herald* las notas de prensa de los últimos doce meses sobre la demanda del

Condado Miami-Dade a la compañía Church and Tower de la familia Mas Canosa, por cobros excesivos y trabajos mal realizados que suman cientos de miles de dólares.

Unos 116 en inglés y referidos al condado vecino, Broward. En español, tres. No le pregunten a la reportera a cargo del tema, la despidieron hace más de un año.

Como ustedes ven no es un trabajo fácil el de esta *gran* prensa de Miami. Pero como no todos somos chocolate para que nos saboreen y no se puede estar en misa, procesión y pasando el cepillo –el de las limosnas-, o quedas bien con el diablo de los cheques o en buenas con el público lector de los *empapelados* de cada día.

En una comunidad como la del sur de la Florida, donde el 90 por ciento de los cubanos tiene menos de 45 años, el 75 por ciento llegó a este pantano *después* de 1980 –con una educación diferente- y existen cientos de miles de inmigrantes nicaragüenses, haitianos, caribeños y latinoamericanos de todas partes, no se puede pretender engañar a *todo el mundo todo el tiempo.*

Quiero terminar esta diatriba sobre mentiras y mentirosos, corruptos y venales, con una expresión de uno de mis libros inolvidables, perdido en el naufragio de mi trepar a la maroma del exilio, con tantos recuerdos irreparables.

Me refiero al inefable Pito Pérez, quien en una de sus desventuradas aventuras, estando en prisión amarrado a la cruz, representando a Jesucristo en una obra de teatro destinada a crear una diversión para escapar del encierro, pronunció las siguientes líneas del argumento bíblico ante el abandono de sus hermanos ladrones, entretenidos por los placeres carnales: *Perdónalos señor, que se hacen los que no saben lo que hacen.*

Vista USA Julio 1999

COMO QUIERA QUE TE PONGAS TIENES QUE LLORAR

Si me preguntaran pudiera definir el concepto de historia como una compilación elaborada de la acción de los poderosos, de quienes se arrogan el derecho de conducir a las masas, demasiado ocupadas en buscar el sustento cotidiano, aquello del pan nuestro de cuando Dios quiere, para salirse del rebaño y buscar otros cauces.

Siempre, quienes tienen la moral de *Pepe Grillo*, pueden subirse al cajón y ver hacia dónde la ruta será más factible, por aquello de la política es el arte de lo posible y mientras meten sus discursos, o encuadernan sus historias, se llenan las panzas con nuestras migajas, se toman la pernada con las hermanas y de paso nos sermonean por la calidad del ron que chupan: "mano, cómprate algo mejor...".

Es triste, pero es así, entre cornudos y descontentos nos pasamos el tiempo. Muchos dicen que también escribo demasiado sobre mi propia gente. Pero, ¿de qué otra cosa podría hablar? Si los sufro a lo cotidiano y cuando más tranquilo te estás llegan con la colecta de turno, o te pasan el cepillo, lo cual en mi adorada islita tiene más de un sentido.

Volviendo a la lección de trapaleros y embusteros, que es la fábula de hoy, recuerdo en mi polvoriento pueblito uno de los ejemplos mayores de moral en calzoncillos que he visto en mi tercio de siglo de vida y una década de desdicha en este odiado pantano que bien hicieron los conquistadores en vender por unas cuantas monedas y dejarles de contra a los gringos hasta el nombre Florido –la cosa entonces estaba tan mala en el Okeechobee que hasta los indios locales se fueron con los españoles para Cuba, pero eso es otra historia.

Uno de los prohombres de mi pueblo, acostumbraba semanalmente a echar su cana al aire con una de las putas locales, la llamaremos *Florinda* –dicen las malas lenguas que la mulata estaba de parar el tráfico- y don Pepe, con su sombrero, guayabera impecable, camiseta Perro de botones de oro, espejuelos de aro y agréguense lo demás, iba al motel del callejón del Rosario –bajo la Ceiba del Cao- cada jueves en la tarde, después de la siesta.

Luego de sus tragos en la barra del Hotel Ricardo se le veía partir como burro al pesebre, pero una vez –maledicencia de pueblo pequeño- se le ocurrió a la concurrencia confabularse y sobornar al posadero para que les permitiera atisbar los sucesos desde los agujeros ubicados en la pared de la habitación contigua.

Otros dicen que la *Florinda* recibió sus pesitos por cambiar su actitud respetuosa de los jueves con Don Pepe, por un *revolú* de encargo de esos de terremoto de su natal Santiago de Cuba y al parecer la reacción indignada ante tamaño meneo no se hizo esperar.

Se alzó el prohombre indignado poniéndose su sombrero e irguiéndose en el camastro, como siempre con sus calzoncillos largos almidonados matapasiones, medias de liga y camiseta Perro de cuatro botones de oro y la increpó con esta frase digna del mejor epitafio: *"Florinda..., o fornicas con decoro o me incorporo y me marcho"*.

Don Pepe ya no existe, no sé si se fue al cielo por aquello del clima o al infierno a buscar afín compañía, pero aquí en Miami siguen sus herederos y amigos, subiéndose al cajón del muerto para mantener su buen vivir.

Unas veces en la administración, donde el descaro llega a desfalcos cotidianos tan a lo bruto que asombran hasta los propios americanos, acostumbrados a robar y guardar la ropa, otras en la política, donde los mismos que despotricaron sobre los "balseros" cubanos que han cambiado nuestra imagen "de exilio educado y triunfador" para transformarnos en "espaldas mojadas" o "*indios pata de puerco*" (sic) cada vez más "negros" (sic), ahora son los adalides de los propios balseros.

Por cierto, ahora son *lancheros*, vienen en barco desde Cuba y cuestan de $3,000 a $10,000 por cabeza en operaciones de contrabando muy similares a las que nuestros prohombres locales hacían en sus años mozos con la droga colombiana en la costas de la Florida en los 70.

Así que quienes lean esto no sean muy duros con mi gente, en definitiva todos salimos de Cuba con un fin moral muy definido: enseñarle al resto del mundo lo que somos. Creo que hemos sido bastante buenos en esto, la pregunta que tantas veces me han hecho, no es necesario repetirla: "Cuando carajo se van todos de vuelta".

Vista USA Agosto 1999

TENGO LO QUE TENÍA QUE TENER

Como diría el poeta y personalmente creo que Guillén, el Malo, tenía más de lo que se merecía. Pero en fin, la vida te da sorpresas como al inefable Pedro Navaja y aunque algunos piensen: *este cubanito todas se las inventa* les juro y perjuro por las cenizas de mis tabacos Montecristo que no es cierto, todas y cada una de las historias son reales, sólo los nombres han sido cambiados para proteger mi integridad física.

Tal vez prefieran hablar de temas actuales, como por ejemplo de los debates sobre la extensión de las calles de Miami a las cuales se les ha dado el nombre de prohombres o el de sus esposas vivas o coleantes. Sin ir más lejos, en mi pueblo para darle el título a la Alameda, de *Extraordinario Rodríguez y de la Campa* se necesitaba ser una gente de bastantes méritos y estar bien muerto para tamaño honor, aunque ni siquiera los carteros se acordaran después.

Aquí no es así, lo de nombrar el sitio, quiero decir, pues de lo otro nunca nadie se acuerda, sólo los *chicharrones* −no de pellejo de puerco, sino los adulones- o los políticos que siempre le pasan la cuenta más temprano que tarde a los *ojo meneados* por aquello de... con el mazo dando y el chequecito o cartuchito a la caja.

Hay hasta quien ostenta del tamaño de su calle comparándola con otros, tal vez por aquello de que a lo largo cuenta. Hay hasta quienes han sido tan

evidentes en sus actividades políticas y comerciales que luego de alguna que otra condena en una
cárcel federal americana se les ha quitado su calle-
cita, aunque otros señores banqueros, ligados a
fraudes *ciento-millonarios* aún tienen su cartelito
en las esquinas para bien de la ciudad de Miami.

Por tanto tengo una propuesta que hacer, si hace
unos meses hice una no muy bien recibida en esta
ciudad, de crear un museo de la corrupción, con un
club social adjunto donde personalidades de nuestros países y de otras nacionalidades bien dispues-
tas al gansterismo político, pudieran venir a la
Ciudad del Sol a compartir experiencias y tal vez
hasta crear seminarios para aprender de los más
expertos, todo en ello en bien de la actividad turística, ¿por qué no vincular el aporte de nuestros
prohombres vivos a sus callecitas?

Por ejemplo la del señor Luis Sabines, de la Cámara de Comercio latina de Pequeña Habana pudiera
ser ejemplo de ayudar a encontrar trabajo a los miles de inmigrantes centroamericanos de la zona, en
vez de continuar el impopular hábito de denunciar-
los a inmigración por pararse en las esquinas "y
molestar a los comerciantes cubanos". En definitiva los vendedores de crack de la zona, las prostitu-
tas, o los terroristas, no molestan.

La de Olga Guillot quien vive más en México que
en Miami pudiera ser musical y en cada esquina
darle trabajo a los miles de músicos y actores des-
empleados venidos desde todas las partes del continente, quienes no tienen la suerte de tener una
conexión con los Estefan o ser habituales de ciertos
clubes no muy exclusivos de la Playa, donde se al-
terna la *nieve* con *tirarse* en la arena, pudieran
hacer sus *timbitas* y ganarse unos pesos.

O la de José Canseco donde los recién llegados deportistas del continente, o cubanos desertores pudieran alternar sus mal remunerados trabajos por la izquierda –sin que la mano derecha del IRS vea lo que cobras a la siniestra- con un *partimecito* para buscarse unos pesos y al menos mejorarle las gomas al *transportation* o encender el aire acondicionado del *eficienci* en las ardientes noches de Hialeah.

Tal vez el señor Abel Holtz, banquero ligado al *asuntico* aquel del Centrust Bank, donde se desviaron por mal –o buen- camino unos cientos de *milloncejos* populares, pudiera en su calle poner a limpiar los desperdicios a algunos de nuestros banqueros y hombres de negocios. Ojo al parche: sólo en el fenecido Republic National Bank of Miami (centrado en Hialeah) siete vicepresidentes y algunos empleados cayeron en causas por lavado de dinero –*pecata minuta*.

La lista sería larga y no viene al cuento, es sólo una idea y las ideas como los sueños, ideas son. Es solo una propuesta que permitiría agregar otra atracción turística a este condado Miami-Dade, tan necesitado de turistas, pues seguimos siendo uno de los cuatro lugares de este país más pobres, con medio millón de ilegales en las calles buscándosela a todo lo que da y donde radica uno de los grupos políticos más bandidos de la era moderna.

No quiero terminar sin decir que no me avergüenzo de mi condición de cubano y de ejercer el derecho de tirar a *bonche* la vida. Viene al caso esto pues muchos amigos latinoamericanos se quejan de lo racistas, iletrados, obtusos y *comemierdas* que somos, y no me tomo como personal la ofensa, ni siquiera pienso ser muy diferente al último *ma-*

rielito, lancherito o *balserito*, llegado a tierras de libertad y ahora-arréglatela-como-puedas.

El hecho de tirar todo a relajo es para el cubano parte intrínseca de su *indio-sincrasia*, tanto es así que prefiere *joderle* la existencia a alguien que comerse un buen potaje de frijoles negros con cilantro. Esta manía de *tirar a mierda* hasta el Papa nos viene desde la época en que en San Cristóbal de La Habana se esperaban ansiosamente los barcos de afuera para sobrevivir, pues no era de buen tono para los criollos *gallego-congos* de la época comer viandas de la tierra sino el tasajo podrido de España y el aceite de oliva *arratonado* (no entender como temeroso, (¡Hostia, Vive Dios...!).

Ya en 1889 hasta nuestro propio Héroe Nacional, el malogrado y tan traído José Martí, defendió la alegría del alma cubana ante el ataque rabioso de un yanqui estúpido (perdonen la reiteración), quien nos agredía en *The Manufacturer* de Filadelfia. Escribía el poeta: "No somos los cubanos ese pueblo de vagabundos míseros o pigmeos inmorales...", y agregaba: "ni el país de los inútiles verbosos, incapaces de acción, enemigos del trabajo recio que junto a los demás pueblos de la América española, suelen pintar viajeros soberbios y escritores...".

¡Así sí, chúpate esa que es de caramelo! Lindo que escribía el jodido, diantre. También escribía bonito el señor Jorge Mañach, con quien no comparto algunas de sus ideas sobre Martí, pero considero interesante su *Indagación del Choteo*, breve ensayo donde consideraba la tendencia inconsciente del cubano por tomarlo todo a la ligera como una cualidad "paralizante", lo cual tuvo que rectificar en la segunda edición luego de la "movida" Revolución del 33 contra el dictador Machado –creador de la frase sobre Miami: "esta es la segunda capital de los cubanos"-, calificando aquellos "excesos trágicos" como "rasgo negativo de la cubanidad".

A lo largo de nuestra corta historia como nación, el choteo, relajo, broma, chacota, o como quieran llamarlo, puede haber tenido diversos orígenes o influencias, venidos en barcos o solapadamente introducidos, pero con la actitud del cubano de enfrentar el mal tiempo con buena cara –y el buen tiempo además- hemos sabido reírnos de nosotros mismos y de quienes han intentado dogmatizar y estereotipar nuestro sentido nacional de personas ligeras, alegres y abiertas.

Y quiero terminar esto con un hecho real, presenciado por un buen amigo de este humilde personaje, único lo suficientemente loco en una familia de 86 radicada en este desgraciado pantano que practica el oficio de *escribidor* –y cuidado que lo mismo tengo un primo cirujano que en el cartel de Medellín, sólo nos falta, Dios nos libre, un político en la familia.

Resulta que llega a mi pueblito en Cuba en plena *efervescencia* revolucionaria de los 80, una delegación importante –todas eran importantes, pues eran motivo de fiesta y *comelata*- de la entonces República Democrática Alemana –la entonces Alemania del otro lado que en vez de Mercedes Benz, tenía *Trabaunts*, unos autos tan buenos que cuando la unificación le pasaron *buldócer* a la industria con maquinaria e ingenieros incluidos.

Se decidió llevarlos de visita en un esplendoroso autobús FIAT con bar, camareras mulatas y todo a la zona más occidental, a un pueblito que se había cambiado el nombre de *Cayuco* –lo cual significa

para los pocos entendedores, alguien rematada-
mente estúpido- por el de un patriota local bien
muerto, pero todo el mundo le seguía diciendo Cayuco.

Los alemanes preguntaban a diestra y siniestra y
trataban de explicarles lo mejor posible entre sor-
bos de mojitos y *caderazos* de mulata en el estrecho
pasillo del refrigerado ómnibus, la realidad socia-
lista-tropical para aquella mentalidad germánica-
marxista, pero al llegar al pueblito un inmenso
cartel nos tapó el horizonte.

Era la época en que a todas las instancias de Gobierno y administración cubanos se daba una tan
nueva como infructuosa batida contra los *"faltantes"*, eufemismo conque se contabilizaban los cientos de millones de pesos cubanos en productos,
alimentos, piezas, gasolina y cuanto usted pueda
imaginarse, que cada año desaparecían a lo largo y
no tan ancho de mi estrecha islita de Cuba, por
aquello de la necesidad y el concepto retorcido de
quienes tenían la manía de sobrevivir y decían que
robarle al Estado-dueño-de-todo no era robar.

El asunto es que en el cartelón ineludible a la entrada del pueblo resplandecía en su pintura fresca
con letras de dos metros el texto: "¡Bienvenidos a
Manuel Lazo compañeros alemanes: Estamos libres de faltantes!" y ante la pregunta inevitable de
los alemanes, enmudeció el cortocircuito del guía,
ante la rica realidad tropical, mientras con la mente a toda máquina veía las dos filas de pueblerinos
aplaudían deslumbrados ante el gigantesco ómnibus multicolor de impenetrables cristales caloba-
res, desfilando en la única calle asfaltada, con ace-
ras del territorio *cayuqueño*, agitando cuanta
bandera encontraron para poner en sus manos.

Entonces le espetó el funcionario a la traductora: "Diles que dice: ¡Bienvenidos al Cayuco y... más ron para todos!".

Vista USA Septiembre 1999

VIAJE A LA SEMILLA

Dicen que tomo frases prestadas. En verdad todos somos parte de algo, del lugar de donde provenimos, del grupo al que pensamos pertenecemos, del cordón umbilical del que partimos, o tal vez de ninguna parte, de nuestra propia soledad en búsqueda de unión, de estabilidad, de un momento de paz en un universo en caos, cambiante, amenazante, constante.

Es Pablo Milanés quien asegura amar a esta isla y dice ser del Caribe- él puede decirlo, él canta, pudo ser consecuente consigo mismo, pago su precio a la vida al perder a su Yolanda, se hizo santo, creció en los *Orishas*, pero si él no puede vivir en tierra firme, porque dice que lo inhibe, qué diremos los varados en los pantanos del continente, donde el aire es empaquetado y hasta el amor tiene un *open-here* de instrucciones federales.

Regresé a Cuba una mañana de septiembre. Confieso que llevaba una semana con mariposas en el estómago y siempre parecía faltarme un papel entre declaraciones y *afidávits*, pasaportes –felices mortales. El cubano viaja con dos o hasta tres si se nacionalizó norteamericano y luego de otro país. Visados, pues sí, el cubano necesita visa para ir a Cuba.

De veras lo más impresionante del *revolú* del aeropuerto fue el aparato para oler las maletas. Ahora ya no te registran, lo de los rayos X existe y la pregunta tonta de sí los rollos fotográficos se es7tropean está presente, pero es desconcertante que te pasen un papelito por las costuras y se sabe si llevas explosivos, drogas o Dios sabe qué.

Hacía años que no viajaba a la isla y esta vez lo hice con un grupo de colegas. No es tarea fácil reunir 28 periodistas, cotejar sus intereses, concretar en papel sus inquietudes y mucho menos cuando se programa una visita a Cuba y de todos ellos apenas uno, por accidente, ocurre que nació en la isla.

El asunto nació una noche cuando entre amigos, con la segunda botella de ron *Havana Club* añejo adelantada, entre humaredas de panetelas *Montecristo* y en una conversación con varios amigos cubanos de la isla, de esas donde la amigable discusión a grito pelado suena a degüello, decidimos en la noche caliente y húmeda de *Kendall* aventuramos a visitar la isla.

A quienes no conozcan el sur de la Florida, se trata de este territorio encajonado entre pantanos al oeste, gringos al norte, un collar de cayitos espaciados al sur y gringas doradas al carbón en las playas del este que algunos llaman Miami. Pero no es fácil mencionar La Habana, el tema de Cuba puede ganarle algunos encontronazos y hasta hacerle perder buenos negocios, por aquello de lo que ahora llaman "*terrorismo económico*", tanto por quienes está hasta el último pelo de la letanía *anticastrista*, como quienes no quieren oír hablar de cubanos... y punto.

Por eso los preparativos del viaje duraron dos meses y las listas de gente crecían y se encogían hasta que un buen día decidimos ponerle fecha y todos coincidimos en que fuera un 8 de septiembre, por cierto, el día de la Santa Patrona de Cuba, la Virgen de la Caridad.

Una radiante mañana de septiembre partimos, el día 7, llegamos siete periodistas a La Habana en un viaje que apenas duró 45 minutos pero que para muchos culminó una vida de esperanzas, ansiedades y mitos, pues casi todos nunca habían puesto pie en la isla grande.

LA LLEGADA

La lluvia puso más verde aún la tierra cubana, marcada por tonos rojos y edificios despintados en los fértiles campos al sur de la ciudad. El aeropuerto nos sorprendió con su elegancia y líneas modernas, pero luego de los aplausos de los pasajeros -estilo venezolano al pisar la losa en Maiquetía-, nos bajamos en plena pista para ir amontonados en un *Camello* (transporte cubano de cuña de rastra con tráiler adaptado para transportar humanos) hacia un *warehouse* convertido en terminal que los cubanos llaman "el aeropuerto viejo", aunque al otro lado de la pista otra instalación si ameritaba el nombre.

Los trámites migratorios fueron rápidos, así como los aduaneros, desacostumbradamente corteses para mi hábito de bienvenidas terribles en el aeropuerto de Miami y luego de Inmigración y un exhaustivo registro personal en busca de... ¿armas?, así como inquisitivas preguntas de personal médico sobre los últimos países visitados, nos encontramos en manos de nuestros huéspedes: Frank, Juanito y Javier, de quien hablaremos luego.

Un funcionario joven, delgado y con mucho futuro fue la parte por la cancillería cubana, Frank Díaz y Juan Hernández, un mulato matancero del Centro de Prensa Internacional, lugar de visita obligada -y bien cobrada- de todo periodista extranjero en Cuba.

LA BIENVENIDA

Luego de los acostumbrados despelotes periodísticos de cámaras, filmes, computadoras y maletas, sobre todo la de Luz Marina Sementilli del periódico El Colombiano, del condado Broward, preñada de regalos que no encontró tiempo para repartir.

Uno de los Gabrieles (Martínez y Enrique Amastha) del periódico El Col-USA, también colombiano, se le ocurrió traer una tostadora de pan que por manos descarriadas le pusieron en la maleta con el encargo de entregar en La Habana a un "familiar de alguien" y resultó ser la tostadora de la discordia, pues la Aduana cubana —siempre cortésmente- decomisó pues el precio de derechos a pagar sobrepasaba diez veces el valor del dichoso aparato.

Luego de estiras y encoges, recogidas de maletas y bromas de todos colores sobre tostadoras, salimos del edificio hacia la calle y nos topamos con cientos de personas esperando a familiares "del vuelo de *Mayami*", taxistas por cuenta propia y maleteros revoloteando en el tumulto y todos preocupados por encontrar "la guagüita azul" -un minúsculo minivan- de nuestros anfitriones.

Al fin apareció el transporte y con él nuestro chofer, Javier, quien con su buen humor y gracejo criollo bien valía mucho más que los cuatrocientos dólares que el Centro de Prensa Internacional nos cargó por la minúscula "*guagüita*".

ALGO MÁS QUE UN HOTEL

Nuestra llegada al Hotel *Capri* y la posterior estampida, de los Gabrieles primero y de todos los demás después, nos confirmó algo que debíamos saber por experiencia: no te fíes de pasadas glorias, ni siquiera de memorias. Los hoteles como el *Capri*, el *Riviera*, el *Havana Hilton* -ahora *Habana Libre*, fueron construidos en la época de oro de la *Cosa Nostra* en Cuba en los años 40 y 50, pero fueron abandonados al triunfo de la Revolución cubana en enero de 1959, siendo posteriormente restaurados para recibir turismo internacional, pero algunos evidentemente fueron más *priorizados* que otros.

No sería justo el no referirnos al personal que valientemente defendía su centro de trabajo, a pesar de insectos y derrames pestilentes, pues el servicio y la atención merecían las estrellas que vimos los huéspedes en nuestras escasas horas allí, pero después la imagen de la hotelería cubana se salvó al alojarnos en el *Hotel Nacional* y el flamante *Copacabana* al borde del mar Caribe -pagando mucho más, por supuesto.

La primera reunión fue de alegría, sobre todo después de las primeras salvas de mojitos -una explosiva combinación de cocimiento de yerba buena, azúcar, limón y cantidades inconmensurables de ron *Havana Club*.

Algunos no reconocieron en el programa las entrevistas y encuentros que pidieron, pero luego de tantos cambios en la misma composición del grupo, ni nosotros mismos recordábamos quién pidió qué.

PRIMER DÍA

Los encuentros se sucedieron sin parar, con tiempo apenas para desayunar y coger las cámaras para otra cita. Visitamos la Cancillería, donde nos entrevistamos con Dagoberto Ramírez, director para América del Norte y el intercambio se tomó interesante, sobre todo con las incisivas preguntas del colega Oscar Leonardo Montalbán del periódico nicaragüense *El Mil por Mil*.

Otros encuentros interesantes fueron los de la Unión de Periodistas de Cuba, donde se compartió con su presidente Tubal Páez y el prestigioso periodista cubano Juan Marrero; o el de la agencia de noticias Prensa Latina, donde Pedro Margolles Villanueva, su director y otros ejecutivos, expusieron su trabajo y la labor editorial con sus cuatro revistas internacionales.

También vale la pena mencionar el encuentro en el Centro cultural eclesiástico *Martin Luther King*, o en el Ministerio del Comercio Exterior, donde el director José Alvarez Portela, y otros funcionarios, expusieron las posibilidades actuales y futuras de inversiones y comercio con la isla. Particularmente interesante fue la intervención del colega Marco Tulio Páez, de *El Venezolano*, sobre el intercambio Cuba-Venezuela y las posibilidades de un trato preferencial a la venta de petróleo.

Otras partes del programa comprendieron visitas a la Televisión Cubana y su canal nacional de noticias, a la Escuela Latinoamericana de Ciencias Médicas donde se preparan cientos de estudiantes extranjeros y por supuesto, a la maravillosa playa de Varadero.

IMPRESIONES AL PASAR

Si bien para algunos de nosotros era la primera vez en la isla, para nuestros anfitriones cubanos también éramos una novedad, un grupo de periodistas de las comunidades del sur de la Florida, fenómeno que ha acrecentado la riqueza étnica y económica del sur de la Florida en los últimos cinco años. Por ello muchas veces nuestros intereses chocaban con el afán de protección de muchos funcionarios que si bien encargaron recibirnos a personas capacitadas y bien informadas, no eran las figuras de categoría que justifican portada o titular.

Todo lo contrario pasó con los colegas de la prensa cubana. Figuras de la radio, televisión o la agencia internacional de noticias cubanas, fogueados en años de trabajo importante y con un prestigio ganado a punta de pluma e imagen, quienes hablaron un lenguaje común con nosotros, dejándonos la espina del regreso que muchos aprovecharon allí mismo, abandonando el programa, llenando libretas y film, o inclusive, permaneciendo en La Habana, luego de finalizar la visita.

EL FIN DE UN SUEÑO

Luego de cinco días bien contados, donde apenas hubo tiempo de dormir y comer, pero sí de intercambiar con decenas de personas, visitar familias cubanas, caminar las calles de La Habana -sin temores o *malandros*-, de preguntar incansablemente y agotar todos los rollos fotográficos, nos detuvimos en el aeropuerto a reconsiderar el viaje.

La respuesta colectiva fue: hay que volver. La misma del sentimiento inacabado de compartir con las familias y amigos esta experiencia, mientras volvíamos a tocar en nuestras maletas los pedacitos de Cuba que atesorábamos, golosinas, café, ron, tabaco, fotos, revistas, libros viejos, periódicos, artesanías, perfumes y mucho más que el simple detalle material para compartir con los seres queridos,

De La Habana, trajimos con amor, el sentimiento de un pueblo entero, abierto, sin odios, y dispuesto a construir el porvenir con lo mejor de sí y de cada uno de nosotros.

EL REGRESO

La regla hace la excepción y al menos para nosotros, comenzamos a contar cuántos tabacos traíamos, las botellas de ron, los paquetes de café, las artesanías, pues las historias eran terribles sobre la aduana de Miami cuando se regresaba de Cuba. Pues no, sólo un frío *Welcome Home!* y *Pa'lante*, dé la impresión se nos trocaron los paquetes y terminé con los perfumes de Luz Marina y ella con mis botellas de Havana Club.

Vista USA Octubre 1999

Paisaje después de la batalla

Luego del concierto en la calle vacía quedaban las botellas explotadas, latas de soda, piedras y papeles estrujados. En una esquina, bajo una fría llovizna, dos docenas de ancianos cubanos esperaban el único ómnibus sobreviviente de veinte prometidos para regresar a Hialeah. Todo había terminado. Tarareando una canción, el negro *Charlie*, veterano y devoto del viejo *Jack Daniels*, avanzaba, en su silla de ruedas enfundado en un maltrecho traje de color tan inteligible como su canción, encabezando a la procesión de *homeless* que, malhumorados, ocupaban sus sitios habituales en las escaleras del Miami Arena para pasar la noche en sus camas de cartón y papel periódico.

El eco del concierto de los *Van-Van* se había apagado hacía apenas media hora, las camionetas de la televisión habían partido, los perros y caballos policíacos rumiaban su ración nocturna, mientras los cascos y escudos del equipo antimotines de la policía de Miami tenían cual medallas ociosas, nuevos arañazos de airados exiliados.

La "segunda capital de los cubanos" como la llamara el dictador Gerardo Machado, uno de los tres y medio presidentes cubanos aquí enterrados (Jorge Mas Canosa se les murió antes) volvían a la normalidad de su miseria, los políticos a lo suyo y los traqueteados viejitos cubanos la frustración de cuarenta años esperando en una orilla extraña el regreso a un país de papel, tan estrujado como el

Miami Herald de mañana que se me enreda en las piernas.

El titular reclama: "Más personas adentro que afuera" y me rasco el hombro donde aún tengo el verdugón de la lata de refresco llena que me lanzaron. Tuve suerte, el periodista Alberto García de la agencia española EFE quedó inconsciente de una pedrada –"no quiero ser noticia", me dijo al día siguiente-, pero Luz Marina Sementilly del periódico local *El Colombiano*, todavía mantiene sus moretones. Ella y su esposo llegaron en el *Metrorail* al concierto y ante las luces, banderas y música de los manifestantes entraron en el lugar equivocado.

ALGO MÁS QUE UN CONCIERTO...

Dos meses antes, la promotora de ascendencia armenia, Debbie Ohanian, pensó en traer a la orquesta más importante de Cuba en las últimas tres décadas al *Knight Center* en el *Downtown* de Miami, en el mismo corazón del exilio cubano. Ella tenía experiencia organizando presentaciones de orquestas e intérpretes cubanos en su club de Miami Beach, *Starfish*.

"Nunca me imaginé que esto pasara", me dijo en su apartamento–oficina en los altos del club: "la reacción de la gente ha sido desmesurada", agregó sonriente tras su ovalada faz de muchachita pícara, labios bien delineados de rojo, delgado y escultural cuerpo de bailarina.

Por supuesto que ella sabía dónde se lanzaba, pero muchos norteamericanos o inmigrantes educados desde niños en este país, están hastiados de las alharacas de los grupos de Miami que estiran y encogen la cotidianidad en la medida de sus intereses provincianos –"piensa el aldeano vanidoso que no hay pueblo más allá de su aldea", dijo una vez José Martí, el poeta que inspiró una revolución.

A mi modesto entender el concierto de *Los Van-Van* se convirtió en un pulseo de los dos grupos mayoritarios de la política del exilio, los cuales promueven la radio de barricada y posiciones extremas en cuanto al régimen de Fidel Castro, motivo del surgimiento del actual exilio cubano en los Estados Unidos. Más de dos millones en esta orilla.

EL PLAYA GIRÓN DEL EXILIO HISTÓRICO...

Luego de semanas de exhortaciones e insultos en la radio, cabildeo, escándalos, primera plana de periódicos, debates hasta en los canales de televisión en inglés, convocatorias a otras comunidades no cubanas, las manifestaciones mínimas a favor y en contra del concierto mostraron el hastío por cuarenta años de palabrería, desengaños y frustraciones.

El único éxito de la industria enraizada en la política y las dos principales emisoras de la comunidad cubana, fue conseguir que la policía de la ciudad de Miami renunciara a la propuesta inicial de situar a los manifestantes a una milla de distancia del Miami Arena, donde al fin se pudo dar lo que constituyó una fiesta de la –buena- música cubana.

Se organizó un *"callejón del oprobio"* como lo calificó una asistente, donde los participantes debían entrar al anfiteatro entre dos filas de airados manifestantes, donde los *"pitchers"* –como ellos mismos se llamaban, lanzaban contra ellos toda clase de proyectiles, desde galones de mojo criollo hasta botellas de cerveza en cartuchos.

A pesar de todo el concierto se dio y más de 3 mil personas bailaron en los pasillos y la pista del Miami Arena, olvidándose por unas horas de que debían regresar por el '*gaunlet*' donde esperaban a pie firme unos cientos de personas, de la mermada fuerza que, ante la evidente violencia de sus filas, perdió a muchas familias convencidas de que aquello no era la manifestación pacífica y ordenada que les habían vendido.

LA VIOLENCIA ESTÚPIDA...

Dos periodistas sufrieron en carne propia las vejaciones de los mismos violentos e irracionales estúpidos que me despidieron con mi familia con un acto de repudio en el propio aeropuerto José Martí de la Habana. La colombiana Luz Marina tomó el rumbo equivocado, atraída por su amor a Cuba y el respeto a los cubanos, se orientó por la tarima de músicos '*part-time*' que escandalizaban en la acera y el olor de la *venduta* de *nacatamales* de *paisas bogotanos*.

Cuando se le ocurrió preguntar por el lugar dónde comprar las entradas la turba se convirtió en una sola cara vociferante de mil manos: "nunca había visto tanto odio junto".

La manosearon, le rasgaron el vestido, la golpearon y cuando al fin la policía se tomó el trabajo de sacarla del tumulto, los moretones físicos y morales endurecieron su decisión de pasarse la noche bailando con *Los Van-Van*.

Esa misma noche un grupo de famosos, encabezado por el cantante cubano Willy Chirino, se dio cita en un concierto de gala en Miami Beach. El propio Chirino admitió a la prensa local haber compartido en varios países con Juan Formell y los músicos de su banda, de la cual interpreta algunas canciones, como es el caso de Celia Cruz.

UN CONCIERTO PARA NO OLVIDAR...

La presencia de la orquesta más importante de los últimos veinte años de la música cubana fue más allá de la simple presentación de un grupo de excelentes músicos, agrupados por el talento de Juan Formell: es la prueba de que como finalizara —más o menos—, Gabriel García Márquez uno de sus libros "los pueblos condenados a cien años de soledad no tienen una segunda oportunidad sobre la tierra".

Los cubanos tenemos aún mucho que aprender para nuestra madurez como pueblo, pero sobre todo, es necesario respetarnos a nosotros mismos, a los demás y aprender a ser los enemigos que no somos y los amigos que quisiéramos, como dijera el curita Hidalgo: "el respeto al derecho ajeno es la paz".

Publicado en Vista USA en Noviembre de 1999

OPIANO LICARIO

No sé por qué el rielero de luna, desde la entre-
abierta puerta del camarote me entretuvo, o tal
vez el murmurar de la familiar canción de cuna
con que *Charo* dormía a nuestro hijo hace veinte
años y ahora arrullaba al rubio Isaías me enterne-
ció, pero me sobresaltó el arrancador automático
de un motor del yate, tal vez una bomba de achi-
que.

La noche no era precisamente para sobresaltos,
pues la invitación de José y su familia a varios
amigos había reunido en su casa primero y en el
barco, varias botellas después, a un profesor uni-
versitario *castrista,,* un exitoso financista, un abogado irlandés aspirante al Congreso federal, una
médico de rizada cabellera y la familia de este *de-
veloper,* nervudo y pequeño, quien con voz pausada
y manos rápidas nos contaba de su experiencia
como *lanchero* de la Agencia Central de Inteligen-
cia en los turbios *canalizos* cubanos de los años 60.

-"Intentamos todo lo que pudiera dañar a Cuba",
decía quitándose los espejuelos y estrujándose la
cara con ambas manos: "Iban a hacer una gran za-
fra..., pues a quemar caña; mejoraba la agricultura..., plagas con ellos...", eso entre otras cosas más
calientes. Evidentemente la guerra no era, ni es
tan fría en estos 40 cuarenta años entre el imperio
y una pequeña nación de doce millones de habitantes.

Los pormenores de las acciones de *Moongose* en aquella época, como la CIA llamaba a su plan de acción encubierta, son de público conocimiento en Miami, donde se codean en calles y bares los combatientes de ambos bandos: bandidos y milicianos del Escambray, mercenarios y combatientes de Playa Girón militantes de las dos orillas y sobre todo, espías en *lay off.*

Ya no son noticia, pero José es un caso aparte, su cubanía aterra, por la claridad con que expresa y enumera los constantes *eventos* históricos entre los Estados Unidos y Cuba, en los cuales siempre ha existido una escalada y un rompimiento final, como pompas de jabón, de las tensiones: "para eso Fidel es un genio", dice José y de nuevo en mi sopor de Coca-Cola, Havana Club añejo siete años -de Santa Cruz del Norte- y camarones al ajillo, despierto y vuelvo la mirada deslumbrada por el canalizo brillante donde el yate del anfitrión, de apenas unos 110 pies de largo, se mece en sus amarras.

-"¿Genio...?", repito. "Sí, genio" responde. "Estos idiotas de Miami le han dado el argumento perfecto para fortalecerse. Mira que los Estados Unidos, el país más grande del mundo..." -y hace una pausa de efecto- "el más grande del mundo...; ha gastado millones y millones de dólares en tratar de derrotar su Revolución y al pueblo cubano y mira..." -abre los brazos abarcando el aire: "nada.... nada de nada".

Mastico el hielo del vaso *sobado* en Coca-Cola y aromas mulatos de miel de caña y asiento, de verdad que de nuevo le han regalado el argumento preciso con el caso del niño Elián González.

Mientras la conversación pasa al inglés y todos a la vez se concentran en explicarle al abogado irlandés el porqué de la genialidad de Fidel y del destino histórico del pueblo cubano, con la atención conquistada del joven médico judío, padre del nieto de José que ahora al fin duerme como un bendito en los brazos de Charo, enumero los hechos del nuevo Moisés del exilio cubano.

Lo del balserito huérfano no es más que una de las cotidianas operaciones de transporte de ilegales, tan a la mexicana como el amor de Talía, pero a los *coyotes* en el sur de la Florida se les dice caritativos y a los *espaldas mojadas"* buscando una mejor oportunidad se les califica de *heroicos,* por huir de un régimen tan opresivo que los ponía a trabajar.

En este lado del canal tampoco los *libertarios* balseros de nuevo corte quieren *curralar* en tierras americanas, pues con sus honrosas excepciones, aspiran a vivir de los mismos inventos del *lumpen* urbano de su isla natal, como bien conoce la atareada policía de Hialeah y la de las veinticuatro ciudades y villorrios circundantes del gran Miami

A los medios de prensa, locales y nacionales se les olvidó este detalle, como también se les pasó entrevistar a los otros dos sobrevivientes, una mujer y su amante mulato, la misma que dejó a su niña en la isla, cuando el desdichado bote regresó ante el mal tiempo y sin hacer caso de las reiteradas advertencias del guardacostas cubano sobre el peligro, continuó la travesía

Tampoco advierten esos colegas periodistas que es la familia del padre de Elián, quien no conocía al niño, la que lo acogió en su seno en su humilde casa de Pequeña Habana, unas de las zonas más paupérrimas del país, mostrando tanto entusiasmo ante el huerfanito 4ue dejaron de trabajar en masa durante semanas para invertir sus ahorros de *balseros* flamantes en ropas nuevas, juguetes desmesurados y manos de pintura bien necesarias para la casa, convertida ahora en centro de atención de la prensa internacional.

Por lo visto ya no necesitaron de ayuda de gobierno, ni siquiera de los *sufridos* sellos de comida para cubrir el plato.

Es evidente que contaron para sus treinta minutos de gloria, con la ayuda de personajes tan bien relacionados que se ocupan de la promoción de una red de casinos para el señor Donald Trump -quien hace unos meses descubrió su veta anticastrista, ante la necesidad de ganar votos *cubichones* para sus proyectados casinos- y también se ocupó de conseguirle el puesto a la jueza Rosa Rodríguez, la cual -¡Oh, casualidades de las doctas computadoras erráticas!- fue asignada al caso de Elián, otorgándole la custodia del niño a su ¿sobrino-tío?, o es ¿medio abuelo-primo?.

El caso es que la señora Rodríguez sigue bajo investigación por unas cuantas decenas de miles de dólares cambiados de mano entre ella y el publicista Gutiérrez.

La lista sigue, entre políticos y aspirantes, *traqueteros* y traqueteadas y muchos otros que han rondado como buitres al niño huérfano, parte de las huestes inmensas que en una comunidad de casi un millón de cubanos en el sur de la Florida, ante su falta de prestigio para convocar multitudes, no se les ocurrió nada mejor que obstaculizar el tráfico en su típica soberbia, en apenas doscientos de vociferantes.

En fin, que José tiene toda la razón, le *jodieron* el negocio a los gringos y su última inversión, la inflada disidencia y prensa independiente cubana desapareció de los titulares hasta del periódico más cipayo y amarillista del mundo, El Nuevo M., la mala traducción al español de The Miami Herald, ahora concentrados todos a una en la batalla por derrotar al Gobierno de Cuba en su criminal intención de lograr la devolución de un niño cubano a su padre y sus abuelos.

En fin, basta de devaneo, es hora de tomar el camino a casa, y mientras trato de escudriñar por entre el parabrisas oscurecido por cien mil lluvias miamenses, tomo rumbo norte en Old Cutler Road y me viene a la mente el vapuleado poeta José Lezama Lima, a quien Dios debe tener donde mejor considere, tal vez metido en el vientre de la palma con su personificado fornicante personaje Opiano Licario y si Manny me lo permite, quiero agregar unas estrofas de su genial cosecha -Lezama, no el genial y veloz Manny, por demás tan censurada y vilipendiada en su época, como sus amoríos extraviados contra natura:

Separados por la colina ondulante,
dos ejércitos enmascarados
lanzan interminables aleluyas de combate.
El jefe, en su tienda de campaña,
interpreta las ancestrales furias de su pueblo.
El otro, fijándose en la línea del río,
ve su sombra en otro cuerpo, desconociéndose.
Las músicas creciendo con la sangre
precipitan la marcha hacia la muerte.
Los dos ejércitos, como envueltos por las nubes,
se adormecen borrando los escarceos temporales.

Los dos jefes se han quedado como petrificados.
Después cuentan las sombras que huyeron del
cuerpo, cuentan los cuerpos que huyeron por el río.
Uno de los ejércitos logró mantener
unida su sombra con su cuerpo,
su cuerpo con la fugacidad del río.
El otro fue vencido por un inmenso desierto somno-
liento. Su jefe rinde su espada con orgullo.

Libertad para Elián, Libertad para mi niño.

EL OJO DE LA AGUJA

Adoro las llamadas de madrugada, sobre todo cuando reposo en cama extraña y me ha costado trabajo dormirme. Después de todo el oficio de periodista te hace partícipe de tantas vidas y acontecimientos ajenos que no es raro amanecer en el otro lado del mundo, en una habitación con muebles de ratán, ventiladores de techo y un toque discreto en la puerta para asegurarle al *Sabih* que su té está listo.

Cosas de la profesión.

Pero no, no eran malas noticias, era Manny, para invitarme a un programa de televisión en Los Angeles, los cuales luego se convirtieron en dos y... bueno, como mi corazón tierno siempre me mete en honduras, decidí interrumpir mi recién iniciada visita a La Habana y regresar a Miami al día siguiente, viernes, lo cual no pudo ser, pero se dio el sábado, llegando a LA. el domingo.

Allí tuve uno de los programas de televisión más movidos de mi escasa existencia, pues a pesar de trabajar casi ocho años como reportero de TV, tres de ellos como corresponsal de guerra en alegres y tranquilos lugares selváticos de Vietnam y Camboya, nadie me había prevenido para un estudio repleto de ex convictos, homosexuales, orates y seniles, los cuales no eran los peores, sino los tres o cuatro lúcidos mercenarios de siempre, en busca de tribuna.

En fin, le agradezco a Manny estos días en LA., me gusta este pueblo, es diferente, hermoso y no siempre puede uno decir estas cosas de una ciudad y su gente.

Pero el tema de hoy lo voy a dedicar a otras cosas más neutrales, como la diferencia entre el hombre y la mujer.

No voy a repetir aquello de que los machitos provienen de Marte y las hembritas de Venus, pero sí la incontrovertible aseveración del filósofo chino - del cual me niego a acordarme- de que la diferencia entre ambos son sus orificios.

En serio. Y comencemos por la numerología, una ciencia *dizque* no muy oficial pero suficiente. Iniciémoslo por el uno que es uno mismo y no son dos, por ejemplo todos tenemos una nariz y un corazón, pero sin embargo tenemos dos ojos, dos orejas, dos agujeros de nariz, dos tetas y dos huevos, las piernas, los brazos y las nalgas.

Tres ya sería una combinación maravillosa y mítica, pues en nuestro cuerpo no existe, al menos en lo evidente, aunque si se ponen en contacto las dos cosas únicas con orificio que tienen marcianos y venusianas sale un tercero, pero tal vez eso no cuente. Volvamos a nuestra cuenta pues de los treces ha salido en la historia de la humanidad cuantas trinidades podamos imaginar, como ternas y otras.

Pensemos a lo animal y llegamos a cuatro, cuatro patas para ellos y cuatro para nosotros, aunque queramos llamarlas brazos y piernas. Cinco son los dedos de la mano y con las dos tenemos diez, como los mandamientos, pues entonces, si fueran doce el padre cura no podría contarlos con las manos, aunque conozco algunos *ensotanados* que para pasar el cepillo cuentan bien rápido y de memoria.

Si enumeramos todo lo que sobresale del tronco, cabeza, brazos, piernas y pene son seis, pero en el caso de las mujeres es siete por los dos senos; ocho..., pudieran ser los ocho huesos grandes contando las piernas y brazos después de rodilla y codo y si sumamos la cabeza y el tronco, tendríamos nueve y diez.

Pero vamos a los agujeros. En los *machitos* ojos-narices-orejas-boca-culo suman ocho, pero las *hembritas* tienen nueve y éste es el centro de la procreación y del amor, por tanto es muchísimo más divino que el ocho y no voy a las erecciones que en todo monolito y espada levantada significa vida y triunfo, y en toda *acostadera* –incluyendo en el antiguo castellano donde *horizontal* significa prostituta o *piruja* según el lenguaje *cubichón* moderno-, lo depositado u *horizontalizado* implica reposo, descanso e inacción.

Ventajas para escribir 700 palabras: tener una computadora portátil con buenas baterías –sin anuncio gratis que no vale-, 39.5 grados centígrados de fiebre de esta gripe universal y suficientes *células grises* para recordar mis lecturas adolescentes.

Pero contando faltan ocho para setecientas: ahí van.

Papel y tinta

En una ciudad de tan farisea presencia cultural como Miami, el intento quijotesco de conservar el amor por la lectura, constituye una de las escasas oportunidades de jolgorio para ávidos lectores y menospreciados amanuenses, penitentes sisifescos de este descreído mundo, fajado entre códigos e instrucciones para la existencia.

Se trata de la *Feria Internacional del Libro* patrocinada desde 1984 por el *Miami-Dade Community College*, la cual del 15 al 22 de noviembre pasados, culminó este año su aniversario quince, con la presencia de 250 escritores, de la talla de Tom Wolfe, Allegra Goodman, Ann Cameron y Yaffa Eliach.

Aparte de la feria internacional de libros, donde participan cientos de importantes casas editoriales latinas, se realiza paralelamente un encuentro de escritores nacionales y de otros países, como fue el caso del homenaje a dos grandes de las letras continentales: los peruanos José María Eguren y José María Arguedas.

En el propio *Campus Wolfson* del *Downtown* del propio *Community College*, sede del evento, se realizó una interesante interpretación dramática de la obra poética de Federico García Lorca por el Grupo Prometeo, del centro docente y se presentó además el *Diccionario de Jazz Latino* de Natalio Chediak.

Otros paneles a considerar en el programa fueron el debate sobre la Literatura cubana fuera de la isla y el destinado a conmemorar el trigésimo aniversario del libro *Fuera del Juego* del poeta cubano Heberto Padilla, el cual marcó un hito en la poesía disidente latinoamericana, cuando el autor osara a finales de la década de los 60 enfrentar la teoría centralista de la cultura cubana, marcada por: *"Dentro de la Revolución todo, fuera de la Revolución nada"* [sic, nota del Ed.].

En el pasado asistieron autores del calibre de: Isabel Allende, Maya Angelou, Ray Bradbury, Camilo José Cela, Carlos Fuentes, Guillermo Cabrera Infante, Stephen King, Nicanor Parra, Octavio Paz, Mario Vargas Llosa y Yevgeny Yevtushenko, entre otros nombres ilustres

Un loable esfuerzo recibido -ante el asombro de muchos- con la presencia masiva de decenas de miles de jóvenes que integran la *Nueva Babilonia* del sur de la Florida, prefiriendo, por esta vez, sus televisores y juegos de video por el olvidado placer de manosear ideas en papel y tinta.

La viga en el ojo ajeno

Quienes viven de cara a Madrid y no toleran la vida en Hialeah, se pasan por alto el conflicto esencial entre ética y supervivencia, motivo de la locura de tantos artistas y de estampidas descomunales como los exilios que cohabitamos.

Desde el punto de vista moral no es justo archivar los principios por un papel acuñado para hacer su trabajo, aunque la realidad te inspire a abrirte de piernas por la exclusiva, la mágica oportunidad de conservar tu trabajo.

Decía un grande de la política algo así como: "Cada cual responde a quien le paga" y Miami es fecundo en esta filosofía tal vez no de los más fuertes pero sí de los bien pagados.

En una reciente entrevista donde se destacaba la corta trayectoria profesional de un colega decía algo así como: "No me gustan los temas polémicos". Perspicaz el muchacho pues en aguas profundas el tiburón te puede rascar la entrepierna.

Mentalidades como ésta tienen el paracaídas de oro para emigrar de una emisora a otra, o a un periódico a otro, o a una estación de televisión, o simplemente en relaciones públicas. En definitiva, o "el muchacho no es conflictivo", o "la muchachita es hija, o mujer de…"

Con decenas de pequeños periódicos, estaciones de radio y las dos cadenas de televisión hispanas, Miami debería ser la Meca de los profesionales talentosos del continente, pero tras su fachada de lentejuelas en cartón piedra yace una patética muestra de periodismo viciado y cobarde.

No hablo de las estaciones de radio. Tal vez no comparta las ideas de algunos en la barricada, pero respeto la valentía y el furor con que defienden la vianda del pabellón.

A quien esto escribe tampoco le dieron la visa para la visita del Santo Padre a Cuba y hace unas semanas fue expulsado sin contemplaciones de un salón donde Fidel Castro se codeaba con simpatizantes venezolanos en la cumbre presidencial de Margarita.

Pero tampoco he tenido la oportunidad de ser bien recibido en las páginas de los periódicos locales, o de obtener un trabajo honesto en tantas estaciones de radio, televisión, o este mismo periódico, tal vez por no saber enfundar los principios a tiempo, o no tener el apellido correcto.

Estoy de acuerdo conque para ver miserias humanas no hay que ir al Malecón de La Habana, donde mis hermanas se venden por un bocado de esperanza: simplemente hay que caminar las redacciones de Miami, donde lo hacen por abalorios de fama y fortuna.

Ese es mi estigma y mi cruz, he ahí nuestro reflejo en la sombra, desvelado por ese polaco invencible en la fe: seamos libres, pero de conciencia, ésa es la única verdad.

Publicado en El Nuevo Herald en Febrero 1998

COHIBA

Algunas cosas en la vida tienen olores inolvidables, como la piel en un automóvil nuevo, la entrega del sexo y un habano. Créame cuando le digo: las imitaciones siempre dejan un regusto triste.

El tabaco es oriundo de América, y entra en la historia cuando la Conquista, al invitar los indios cubanos, *Siboneyes y Taínos* a los españoles a sus *Caneyes* y con ellos entregar sus tesoros: las lánguidas indias de piel dorada y *Cohiba,* el tabaco.

Los indios cubanos fumaban el tabaco enrollado, pero el efecto para ellos era más intenso que con los actuales Habanos, casi como el de otras plantas *fumables* como puede ser la marihuana.

El habano, puro o tabaco de hoy, se crea a partir de una combinación de hojas: la *capa* exterior, pareja, sin *venas* y la *tripa,* las hojas interiores. Esa liga engendra el sabor o el *aroma* del habano.

En fin, ahí tiene sus cartas. Aventúrese con un habano y recuerde que como otras cosas de la vida, el goce no viene con el tamaño, precio, o envoltura por más costosa que parezca.

Está servido, venga su apuesta...

Publicado en Florida Player en Septiembre 1997

PANAMÁ, UN ALBUR MÁS ALLÁ DEL CANAL

Mi visita a Panamá tras más de diez años anhelando un viaje siempre pospuesto por los destinos insólitos del periodista, me mostró un país cambiado, maduro y pleno de expectativas ante los desafíos, mientras los falsos atajos y aberraciones del mundo viejo se extinguen.

Un enjambre de autos nuevos en las calles, negocios en cada esquina y la floreciente belleza de las panameñas a cada paso, en un país donde la sonrisa y la amabilidad típica del caribeño se hacen tierra firme, me hicieron sentirme de nuevo en casa, en el hogar por tanto tiempo añorado.

Porque uno se siente así en este lugar escogido, imagen del divino contacto plasmado en el fresco de la Creación de Miguel Ángel. Panamá, por su destino como punto álgido para las Américas y el mundo, lugar donde se entrecruzan las rutas del planeta que por derecho controla.

Con el 40 por ciento de la población políglota del país apartándose alrededor de 1 capital, la ciudad de Panamá no tiene igual en el mundo. Fue fundada por los españoles en 1519, cerca de una aldea indígena de pescadores. El origen del nombre Panamá se atribuye a diferentes fuentes, algunas plantean que la palabra panamá proviene de una expresión de aquellos pescadores para explicar la abundancia de peces y mariscos en la bahía.

Otros sugieren que cuando los españoles desembarcaron en la costa norte preguntando por oro y riquezas, los indígenas respondieron "pana-mai" o bien lejos. La realidad es que la bautizada Panamá disfrutó desde entonces la prosperidad de ser el puerto de destino de todo el oro y la plata arrancados del sureño imperio Inca.

Luego de varios golpes de Estado, corrupción administrativa, "dictadores con corazón" y la lucha popular contra los "rabiblancos" (clase pudiente) que controlaban al país, la República de Panamá es un ahora un país diferente. Una nación democrática reconocida internacionalmente por su sus símbolos: una bandera cuyas cuatro cuadrículas representan la paz, el trabajo, la independencia, la riqueza y el progreso.

Otro símbolo de Panamá es su Himno Nacional, donde el primer verso proclama: "Alcanzamos por fin la Victoria", celebrando la conquista de la Independencia en 1903. Pero la música y la letra de Jerónimo de la Osa y Jorge Santos toman un significado diferente con la expectativa por la retirada de las tropas estadounidenses del Canal el 1999.

Esto será como un nuevo terremoto para Panamá, como aquel que devastó al país en la madrugada del 7 de septiembre de 1882. Entonces Fernando de Lesseps prometió lo que sólo Dios podía garantizar: dijo que después de ese ya no habría más terremotos allí.

Sin embargo, otro siete de septiembre pero 95 años después, otro sismo sacudió nuevamente a la tierra panameña y estremeció hasta los cimientos el espíritu y la conciencia misma de la nación. Ese día Ornar Torrijos y Jimmy Carter acordaron que la zona del canal desaparecería y al mediodía del

31 de diciembre de 1999 el Canal sería transferido a la República de Panamá.

Recuerdo a Ornar Torrijos como un carismático oficial, con más de coronel que de Presidente. Trató de ser un dirigente de pueblo y comenzó una reforma popular denunciando las intervenciones de los Estados Unidos como la causa principal de los problemas del país. Habiendo nacido en el campo, trató de ayudar a los pobres y los campesinos. Torrijos murió en un extraño accidente de aviación en 1981.

Entonces el nuevo hombre fuerte salió de las sombras: Manuel Antonio Noriega, un alumno de las escuelas de entrenamiento contra insurgencia de los Estados Unidos, utilizó todos los recursos necesarios para mantener su supremacía en las Fuerzas Armadas y el control de la escena política.

El destino de Noriega fue definido por su inesperada política nacionalista y sus supuestas conexiones de alto nivel con los zares de la cocaína de Colombia, lo cual propició la invasión estadounidense a Panamá en Diciembre de 1989. Muchas personas murieron y aunque no existen cifras exactas se estiman éntrelas 1,000 y 3,000.

Con el inesperado fin del régimen militar, se desorganizó la estructura del país y la economía, falsamente basada en una inmensa e impagable deuda externa, sucumbió. El nuevo gobierno disolvió el Ejército panameño, restructuró o privatizó muchas compañías gubernamentales y trató infructuosamente de cambiar la Constitución.

El Partido creado por Torrijos ganó las elecciones en 1994, con uno de sus más cercanos amigos y colaboradores, el actual Presidente Ernesto Pérez Balladares como candidato, el cual ha expresado en diferentes oportunidades su "divorcio" con el derrocado pasado militarista y su filosofía.

Su Administración ha logrado hasta la fecha entre otros objetivos, la privatización de varias compañías estatales, una nueva legislación sobre las comunicaciones, reformas educacionales y la búsqueda de inversionistas extranjeros para desarrollar la economía nacional.

La posición geográfica de del Istmo ha fijado desde el principio la economía del país, la cual se ha basado tradicionalmente en los ingresos derivados de los servicios de los visitantes, lo cual se remonta a la Conquista española, se mantuvo con el ferrocarril transcontinental desde 1850 y luego en este siglo con el Canal, cuando sus empleados y el personal militar de apoyo estadounidense, comenzaron a gastar dinero en el país.

El otro aspecto fundamental de la economía es la agricultura, con el treinta por ciento de la población trabajando en el sector. La reforma agraria, aunque no siempre tiene los resultados esperados, ha ido ganando paso a paso la confianza de los aparceros.   Más del cincuenta por ciento del territorio está cubierto de bosques.

El presidente Ernesto Pérez Balladares declaró recientemente: "Tenemos muchos, muchos beneficios, evidentemente comenzando con nuestra posición geográfica, pues el hecho de que somos el único canal en Las Américas, somos una vía de comercio e intercambio. Nuestro sistema bancario, el nivel educacional de la población, la fuerza de trabajo, nuestra economía abierta, el hecho de que el dólar circula como moneda, no tenemos restricciones en el flujo de moneda externa.

"Una de las preocupaciones principales es cómo funcionará la administración del Canal cuando esté en manos panameñas. En primer lugar puedo comenzar diciendo que el 90 por ciento de la fuerza de trabajo del Canal hoy en día es panameña. Así que no debe existir ningún problema con el traspaso, no debe haber ninguna interrupción de las operaciones del Canal luego de su traspaso. Por supuesto que estamos trabajando intensamente, para asegurarnos de que todo esté ajustado en los próximos cinco años. Pero no considero que tengamos problemas".

Acerca de su visión sobre las perspectivas del comercio entre los Estados Unidos y Panamá aseguró: "Excelentes, pienso que tenemos una relación de buena vecindad de mucho tiempo y espero que crecerá en el futuro. Estamos próximos a integrarnos a la Organización Internacional del Comercio luego de muchos años de posponerlo y las barreras comerciales de los Estados Unidos están desapareciendo y ello aumentará el comercio entre nuestros países.

"Creo que Panamá tiene una buena oportunidad debido a su sistema financiero único, el sistema impositivo y la posición geográfica que le permite a los inversionistas estadounidenses operar desde Panamá para exportar hacia los Estados Unidos".

Publicado en Florida Player en Noviembre 1997

Biosfera Dos:
Reciclar al Planeta

Egipcios, Incas, Mayas y Aztecas dominaron su hábitat en épocas gloriosas. ¿Quién no conoce ejemplos como el Valle de las Pirámides, Cuzco, Chichén-Itzá, México-Tenochtitlán? Ahí, en las capitales esplendorosas de esas descomunales civilizaciones, cronistas y aventureros encontraron motivo justificado de asombro y elogio.

Vistas de cerca, las civilizaciones asiáticas mantienen rigurosamente el relevo vital hombre-planta-animal-tierra, expresado inexorablemente en las normas religiosas y sociales que no representan, como la apariencia pudiera hacer pretender, apatía y conformidad, sino sabiduría ancestral.

Hoy el hombre destruye más que asimila; acosa al mundo vegetal y animal, por más que ostente su auto titulado calificativo de "raza humana" y es por ello que múltiples intentos se hacen por bien intencionados y científicos en pro de recuperar y extender nuestro hábitat.

El proyecto Biosfera Dos es uno de ellos. Con un presupuesto superior a los 150 millones de dólares, se construyó una "Burbuja Verde" que integra por dos años en una atmósfera sellada a ocho aventureros científicos con plantas y animales de siete regiones, escogidas como ambientes tipo: selva tropical, sabana, pantano, océano, desierto y una granja.

Ustedes se dirán: Es como un Arca de Noé. Puede ser.

La leyenda y el sueño de los científicos tiene sus puntos de contacto, pero la pequeña diferencia está en que el Patriarca salvó del Diluvio una pareja de cada especie para preservar así al mundo animal.

Hoy, los hombres de ciencia crearon en su Burbuja Verde un mundo en miniatura, que esperan sea capaz de regenerarse y abastecerse por sí solo en un medio hostil.

La aventura atrae a miles de turistas, fascinados por el regreso en el tiempo, pues tienen la oportunidad de observar a través de una ventana, cómo pudiera ser y fue nuestra virginal Madre Tierra y demostrar que el ser humano puede y debe vivir en armonía con la naturaleza.

El hermoso invernadero que sería el sueño imposible de un Charles Darwin, posee todas las facilidades para el turismo, desde un cómodo hotel hasta amplios parqueos en pleno desierto de Sonora, en las montañas Catalina cercanas a Tucson, Arizona.

Allí los visitantes pueden recibir explicaciones sobre el proyecto, ver los experimentos en vivo o conversar con alguno de los miembros del equipo.

El proyecto *Biosfera Dos* pertenece a *Space Biospheres Ventures*, una firma privada de investigaciones ecológicas, y es financiado por el excéntrico millonario Edward Perry Bass.

Este tejano de 44 años, patrocina creativos y desusados proyectos, como el hotel Vajra, un retiro ecológico ubicado en Katmandú, Nepal, tierra del popular Abominable Hombre de las Nieves, aún no capturado por la ciencia, para suerte de muchos colegas.

El programa del equipo de *Biosfera Dos* plantea cuatro horas destinadas a actividades de mantenimiento agrícola, otro tanto para investigaciones científicas y observaciones de campo y el resto del tiempo para esparcimiento.

Tienen teléfono, radio, televisión, computadoras y video enlaces para comunicaciones o recreación; cuentan además con un gimnasio, observatorio con un pequeño telescopio y biblioteca, además pueden desarrollar sus pasatiempos, como pintura o música en sus pequeños apartamentos privados.

Esta Burbuja para la investigación de la relación plantas-humanos, destinada a encontrar soluciones regenerativas del ecosistema, nunca antes fue diseñada a esta escala, ni siquiera por la NASA que lleva más de una década trabajando estas ideas, preparándose para la construcción de estaciones en el espacio en un futuro próximo.

Existen varios clientes potenciales del proyecto Biosfera Dos, como programas espaciales, universidades, institutos de investigación y agencias ambientales gubernamentales.

Ellos están interesados en los resultados de los estudios sobre el monito-reo ambiental, los sistemas de limpieza del entorno, la administración de recursos naturales y la horticultura en condiciones de control natural en ciclo cerrado, sin el uso de pesticidas químicos.

En la actualidad el mantener a los astronautas vivos en sus misiones espaciales cuesta millones. Cada uno necesita diez libras diarias de comida, agua y oxígeno, entre otros productos.

Todo ello limita las misiones a diez días, por las posibilidades de espacio en las naves y los costos superan los 5,000 dólares por cada libra de productos a bordo de los transbordadores.

El proyecto se completó en 1986, la construcción comenzó al año siguiente y el cierre se hizo por etapas en 1991, con la intención expresa de reproducir en pequeña escala la Biosfera Uno: la original, maltrecha y actual del planeta.

Un mundo con una población que aumenta desmesuradamente, donde se encuentra cada vez menos tierra cultivable, la basura crece por días y se reduce el espacio donde vivir y cosechar los alimentos para las bocas que se agregan.

Los resultados de estos estudios pudieran ser tanto para la Tierra como para una futura estación espacial, que cuente con un sistema desarrollado de regeneración ambiental como el que ahora ensaya el invernadero sellado de *Biosfera Dos*.

El equipo de cuatro mujeres y cuatro hombres, de cuatro países (Estados Unidos, Alemania, Inglaterra y Bélgica), tiene una edad promedio de 25 a 66 años y sus integrantes están especializados en biología, medicina, ingeniería y otras profesiones afines.

Se encerraron por dos años el pasado 25 de septiembre en ese espacio de tres hectáreas (no mayor que tres campos de fútbol), 3.800 especies seleccionadas de plantas y animales.

¿El fin de este experimento? Demostrar cómo los ecosistemas pueden reciclar aire, agua y comida para mantener el ambiente, todo ello en la atmósfera hermética de su Burbuja Verde que asemeja una ultramoderna estructura espacial.

Claro está que en condiciones ideales y con el apoyo de la tecnología moderna, sin la presión de las industrias contaminantes y las prioridades económicas de nuestro mundo actual, que alteran el equilibrio ecológico.

En todo caso lo importante no es sólo el salto a las estrellas, es encontrar soluciones de conjunto para limpiar y organizar nuestro Planeta Azul, nuestra casa común, donde ya uno no está seguro de si lo que toma es agua, lo que huele perfume y hasta duda de la textura animal de mucho de lo que toca.

Biosfera Dos pretende abrir otro de los caminos de la ciencia hacia el futuro: ojala sus descubrimientos ayuden a desbrozar las rutas, para detener la locura en que ha convertido el minuto de "civilización humana" a este día maravilloso de la vida en la Tierra.

Tal vez estos ocho dedicados hombres y mujeres de ciencia, como seres humanos plenos, en medio de la maravilla y el esplendor de un mundo diseñado para ser originariamente puro, encuentren la fórmula para borrar el egoísmo y la ambición que corroen nuestro Planeta mucho más que cualquier lluvia acida.

Publicado en la revista Aboard, Septiembre 1992

LAS CASAS: UN FRAILE
POSEÍDO POR LA VERDAD

La imagen *lascasiana* de un monje socorriendo a un grupo de indios angustiados que se agolpaban a sus pues, es familiar para muchos hispanoamericanos a quienes –*leyenda negra* aparte- nos enseñaron a respetar la imagen del compasivo y valiente sacerdote que fue capaz de enfrentar ignominias y provocaciones para defender a los que él llamaba *gentes de estas partes.*

Bartolomé de las Casas fue un encomendero arrepentido, un cristiano que se encontró a sí mismo en condición de pecado como explotador y se deslumbra con el descubrimiento espiritual de la igualdad de todos los hombres, lo cual a la vez revirtió en su propio renacimiento como ser humano.

Este sevillano y colono temprano en las Indias, encomendero y presbítero, escritor y polemista, elevado a los 70 años a obispo —muy a pesar de sus detractores-, descubre en el Nuevo Mundo su destino existencial y cambia el sentido de su vida para siempre, en un esfuerzo sublime de honradez intelectual.

Ataca con furia pero sin saña, con el corazón inflamado de bondad, las injusticias de una pretendida empresa evangelizadora deformada por la codicia, la crueldad y la ambición de poder político.

Fue un crítico vehemente que develó el trasfondo de la política y la demagogia de la Corona Española que, mientras justificaba la conquista como acto de cristianización, velaba las ruines ambiciones en pro de las cuales se cometían los actos más anti-cristianos.

HISTORIA DE LAS INDIAS

Su libro Historia de las Indias no es sólo una protesta apasionada y veraz contra el genocidio y la injusticia, es una crónica del surgimiento de una conciencia moral nueva en tierras americanas que conmovió los cimientos mismos de las corrientes políticas europeas y eleva a un primer plano el tema de los derechos humanos en la ética política española del siglo XVI.

Se destaca en el ideario del padre Las Casas, su singular capacidad para colocarse, desde su formación occidental, en la perspectiva del indio americano, para así mostrar verazmente cómo funcionan las otras sociedades, en un admirable esfuerzo de honradez intelectual.

Las Casas, luego de narrar los orígenes de la conquista y la colonización española, se involucra en los acontecimientos, que lo tornan en historiador en su vital demostración de la posibilidad de establecer el cristianismo en una sociedad pagana dominada y explotada por cristianos renegados, según su percepción de los conquistadores.

No es un mero espectador, ni un cronista pasajero que hace una fría narración de hechos heroicos o de curiosidades naturales, su obra es una denuncia ardiente que supera con creces la simple memoria descriptiva del turista accidental.

¿QUIEN FUE ESTE FRAILE POSEÍDO POR LA VERDAD?

Una de las descripciones más acertadas de la personalidad e ideología del padre Las Casas, la da el apóstol de la lucha por la independencia de Cuba contra el colonialismo español, José Martí, en un artículo de su revista dedicada a los niños de América, *La Edad de Oro*, una de las piezas literarias más bellas e instructivas de la literatura continental de todos los tiempos:

"No se puede ver un lirio sin pensar en el padre Las Casas porque con la bondad se le fue poniendo de lirio el color, y dicen que era hermoso verlo sentado en su sillón de tachuelas, peleando con la pluma de ave porque no escribía de prisa. Y otras veces se levantaba del sillón como si le quemase, se apretaba las sienes con las dos manos, andaba a grandes pasos por la celda, y parecía como si tuviera un gran dolor. Era que estaba escribiendo, en su libro famoso de la Destrucción de las Indias, los horrores que vio en las Américas cuando vino de España la gente a la conquista. Se le encendían los ojos, y se volvía a sentar, de codos en la mesa, con la cara llena de lágrimas. Así pasó la vida, defendiendo a los indios".

Las Casas fue un cronista objetivo, con escolástico fanatismo por los testimonios, exagerado en su denuncia y tremendamente apasionado en sus defensas, en la búsqueda de llamar la atención de los poderosos en la corte y tratar de que la Corona revirtiera el injusto orden social y político impuesto por la colonización.

Hace la nueva historia americana con pruebas en la mano, sustanciando sus tesis éticas e ideológicas con testimonios directos y comprobados. Hoy día, aunque su historia alcanza sólo hasta 1520, hay muchos documentos colombinos que sólo conocemos por su pluma.

VIGENCIA DE SU OBRA

La Historia de las Indias sigue siendo hoy, a más de cinco siglos del descubrimiento, la crónica más consultada y respetada entre todas las que narran los primeros años de la primera colonia española en el Nuevo Mundo.

No podemos negar su apasionamiento y parcialidad con el humilde, el conquistado, el indio, pero ni sus más fanáticos detractores pudieron opacar nunca su pasión por la verdad y la justicia.

Este dominico sevillano que con apenas 24 años arribara a América y después torciera su vida a la lucha contra el genocidio, fue una personalidad activa, generosa, pero arbitraria e impetuosa, sí, muchas veces parcial ante la ignominia cotidiana de que fue testigo en los abusos contra los indios. Pero no fue el único, ni el primero en rebelarse.

La búsqueda desenmascarada de riquezas y enriquecimiento de los conquistadores, conlleva a la esclavitud y explotación inhumana de los indígenas pero ante esa actitud conquistador-colono, aparece la denuncia y la protesta, aún antes de que Las Casas arribara al Nuevo Mundo.

La enjuicia fray Antonio de Montesinos en 1511 en su memorable sermón donde dijo: *"¿Con qué derecho y con qué justicia tenéis tan cruel y horrible servidumbre a aquestos indios?"*, palabras que no agradaron precisamente a Don Diego Colón y disgustaron al Rey Católico, Fernando V.

La nómina de las denuncias propuestas de reforma del sistema, es muy larga, pero surge casi incontenible desde entonces. Tal y como el Memorial de atrocidades cometidas por los españoles en Cuba de finales de 1515 que el propio Fray Bartolomé cita en su *Historia*...

A este memorial siguen la Representación del propio Las Casas en 1516, el Parecer de los dominicos de Santo Domingo sobre el trato a los indios de 1517, la Real Cédula del Cardenal Cisneros desaprobando la "entrada" y captura de indios por el Alcalde Mayor de Espinosa, dirigida a Pedrarias desde Madrid en 1517.

Tras ellos están los informes sobre la disminución de la población indígena como el Memorial sobre el decaimiento de los indios en las islas Antillas, o el reporte de los Padres Jerónimos-gobernadores, desde Santo Domingo el 18 de febrero de 1518, respecto a la escasez de la población india.

Las Casas y los orígenes de la Leyenda Negra

Lo llamativo en la obra *lascasiana* radica en la presentación directa, en tono de denuncia, de la protesta contra los horrores de la conquista región por región y de los excesos de las instituciones coloniales por complicidad e inercia de los oficiales encargados de vigilar el cumplimiento de las leyes.

Sin embargo, reconocemos que el padre Las Casas establece una dicotomía entre el bondadoso salvaje y los brutales conquistadores, utopismo muy de su tiempo que después daría fundamento a la famosa "leyenda negra" que condena a España promoviendo una imagen negativa y distorsionada de su obra en América.

Civilización y barbarie, Europa y América, genocidio o encuentro, son etiquetas para un conjunto de ideas, pero que tal vez nos oculten el sentido de la época, de los tiempos y de la innegable realidad de la integración de las civilizaciones americanas y europeas en el crisol de razas que hoy somos.

A todos nos une el idioma, pues Castilla estableció el puente entre nuestros pueblos que siglos de conquista cimentaron. Como el propio Las Casas planteara sobre su doctrina, profundamente humana y nunca anti-española, que él dice escribir para demostrar que los indios no son *"brutales bestias incapaces de virtud y doctrina"*.

Son sus propias palabras cuando increpó en la Corte española ante el Rey a los defensores del genocidio: "¡No es verdad, sino iniquidad, que el modo mejor que tenga el rey para hacerse de súbditos sea exterminarlos, ni el modo mejor de enseñar la religión a un indio sea echarlo en nombre de la religión a los trabajos de las bestias, y quitarle los hijos y lo que tiene de comer, y ponerlo a halar de la carga con la frente como los bueyes".

Como oportunamente sentara el intelectual cubano José Martí, quien supo ser consecuente de la importancia de combinar el machete con la palabra en la lucha por la libertad, al hacer mención del ideario *lascasiano:*

"Los que más lo respetaban por justo, por astuto, por elocuente, no lo querían decir, o lo decían donde no los oyeran: porque los hombres suelen admirar al virtuoso mientras no los avergüenza con su virtud o les estorba las ganancias, pero en cuanto se les pone en su camino, bajan los ojos al verlo pasar, o dicen maldades de él, o dejan que otros las digan, o lo saludan a medio sombrero, y le van clavando la puñalada en la sombra. El hombre virtuoso debe ser fuerte de ánimo, y no tenerle miedo a la soledad, ni esperar a que los demás le ayuden, porque estará siempre solo: ¡pero con la alegría de

obrar bien, que se parece al cielo de la mañana en la claridad!".

Publicado en la revista Aboard en Mayo de 1992

Este libro es el primero de una trilogía,
la cual incluye *Ciénaga de la Angustia* y
Rehenes del Odio.
Junio de 2006

Editorial Letra Viva ©

Postal Office Box 14-0253
Coral Gables, FL 33114-0253